조르바를 위하여

김욱동

조르바를 위하여

니코스 카잔차키스의
삶과 문학

니코스 카잔차키스

차례

니코스 카잔차키스(1883~1957)의 『그리스인 조르바』
(1946)를 읽고 있노라면 통풍이 안 되는 답답한 병실에 있다
가 싱그러운 5월 훈풍이 부는 시골 들판으로 뛰쳐나온 기분
이다. 청신한 훈풍과 함께 온갖 식물과 나무 향기와 꽃 냄새가
코끝에 와 닿는다. 비단 냄새뿐만이 아니라 눈을 즐겁게 하는
온갖 풍경과 파도 소리 등이 오감을 자극한다. 책장을 넘기면
답답하던 가슴이 후련해지면서 몸과 마음이 편해지는 느낌
이 든다. 비단 『그리스인 조르바』가 아니더라도 이 그리스 작
가의 작품을 읽는 대부분의 독자들은 이렇듯 영혼이 심호흡
하는 듯한 감각을 느꼈을 것이다. 그렇다면 도대체 무엇 때문
에 이러한 느낌이 드는 것일까? 아마도 카잔차키스의 작중 인
물들이 우리가 생각하고 있지만 차마 입 밖에 낼 수 없는 말을
거침없이 내뱉기 때문일 것이다. 그래서 그의 작품에서는 다
른 작가들의 작품에서는 좀처럼 느낄 수 없는 신선한 해방감
과 희열을 맛본다.

그러한 해방감과 희열은 카잔차키스의 여러 작품 중에서

도 특히 초기 출세작이요 20세기 현대 고전의 반열에 올라와 있는 『그리스인 조르바』를 읽을 때 더더욱 실감이 난다. 이 소설은 현재 50여 개 넘는 나라 언어로 번역되어 지구촌 곳곳에서 읽히고 있다. 유럽과 북아메리카 대륙은 말할 것도 없고 아시아 여러 나라에서도 가장 많이 읽히는 작품 중 하나다. 1951년과 1956년을 비롯해 무려 아홉 차례나 노벨 문학상 후보에 올랐다는 것만 보아도 그의 문학적 역량을 쉽게 알 수 있다. 또한 『그리스인 조르바』는 1964년에 마이클 카코야니스 감독이 메가폰을 잡아 영화화되었다. 그 뒤에는 뮤지컬, 발레, 연극 등으로 각색되기도 했다. 나는 카잔차키스야말로 호메로스 이후 그리스가 낳은 가장 뛰어난 작가, 현대 그리스 문학의 거인이라고 주저 없이 말한다. 세계 문학사를 통틀어도 20세기 작가 중에 그를 따라갈 만한 사람이 많지 않기 때문이다.

카잔차키스의 작품이 세계 문학사에서 이토록 높이 평가받는 까닭은 어디에 있을까? 그가 차가운 머리로 작품을 쓰지 않고 뜨거운 가슴으로 작품을 썼기 때문이리라. 바꾸어 말하자면 그는 남의 이야기를 간접적으로 전해 듣고 그것을 소재로 작품을 쓰지 않고 몸소 겪은 일을 바탕으로 작품을 썼다. 간접 경험에 의존하여 쓴 작품에는 어딘지 모르게 사카린이나 아스파탐 같은 인공 감미료 맛이 난다. 그러나 자신의 체험을 바탕으로 쓴 작품에서는 설탕처럼 감칠맛이 난다. 『그리스인 조르바』가 역시 그러하다.

내가 이 책을 쓰는 이유는 간단하다. 최근 나는 2014년에 피터 빈이 새롭게 영어로 옮겨 출간한 번역본을 바탕으로 『그리스인 조르바』(민음사)를 새롭게 번역하여 출간하였다. 이 책은 그리스어가 아닌 프랑스어판을 영어로 중역하여 1952년

출간된 영국판이나 그 이듬해 미국에서 나온 칼 와일드먼의 번역본과는 비교도 되지 않을 만큼 원전에 가깝다. 나는 새로운 번역으로 조르바를 만나는 독자들에게 좀 더 친절한 길잡이 노릇을 하고 싶었다. 조금 과장을 보태 말하자면 『신곡』에서 단테 알리기에리를 지옥과 연옥을 거쳐 천국으로 인도하는 베르길리우스 같은 길잡이 역할이 하고 싶었다.

더구나 지난해는 작가 카잔차키스가 사망한 지 60주년이 되는 해였다. 그래서 그리스 문화부에서는 2017년을 '니코스 카잔차키스 해'로 지정하여 여러 행사를 펼쳤다. 또한 지구촌 곳곳에서도 그를 재평가하는 학술 대회, 세미나, 토론회, 전시회 같은 크고 작은 행사가 열렸다. 특히 크레타에 있는 카잔차키스 기념관에서는 그와 관련하여 창작한 글을 현상 공모했다. 여기서도 이 조그마한 책의 의의를 찾을 수 있을 것이다. 끝으로 이 책의 출간을 선뜻 허락해 주신 민음사의 박근섭, 박상준 사장님과 이 책이 햇빛을 보기까지 온갖 어려운 일을 맡아 준 유상훈 님께 이 자리를 빌려 깊은 감사를 드린다.

2018년 봄
부산 해운대에서
김욱동

1 크레타섬의 이단아 니코스 카잔차키스

미당 서정주는 「자화상」이라는 작품에서 "스물세 해 동안 나를 키운 건 팔 할이 바람이다."라고 노래했다. 그리스 작가 니코스 카잔차키스를 키운 것은 바람이 아니라 여행이었다. 카잔차키스만큼 여행을 즐긴 작가는 찾아보기 힘들 것 같다. 인생관이나 세계관에서 카잔차키스와 가장 닮았다고 할 수 있는 미국 문학의 아이콘 어니스트 헤밍웨이라면 예외가 될지도 모른다. 헤밍웨이도 지구촌 곳곳을 이웃 마을처럼 누비고 다녔기 때문이다. 그러나 외국에서 머문 기간이 아닌 여행한 지역의 다양함을 놓고 보자면 헤밍웨이는 카잔차키스에 크게 못 미친다.

카잔차키스는 1922년 8월에 첫 번째 아내 갈라테아 알렉시우에게 보낸 편지에서 "나는 지금 막 떠나려는 참이다. 지금 여행을 하고 있는 중이다. 당신도 알다시피 그것은 휴식을 위한 여행이 아니다. 내 내면에서는 두려운 투쟁이 여전히 계속되고 있다."라고 밝힌다. 그가 여행하는 이유는 바로 자신의 내적 갈등을 극복하기 위해서다. 그러면서 카잔차키스는 "한 장소에 오래 머물러 있으면 나는 그만 죽을 것만 같다." 라고 털어놓기도 했다. 마치 자전거 바퀴가 계속 굴러가지 않으면 멈추는 것과 같은 이치다. 그는 한 장소에서 다른 장소로 끊임없이 옮겨 다니며 여행을 했다. 카잔차키스 사후에 출간된 『그리스인에게 보내는 보고서』는 그의 영적 자서전이라 할 만한데, 거기서 카잔차키스는 여행이 자신에게 어떤 의미였는지를 이렇게 회고하였다.

평생 나의 가장 큰 욕망 중 하나는 여행하는 것 — 미지의 나라들을 눈으로 보고 손으로 만져 보는 것, 미지의 바다에서 수영하고, 지구를 한 바퀴 돌며 새로운 땅과 바다와 사람들과 여러 관념을 지칠 줄 모르는 호기심으로 관찰하는 것이었다. 모든 것을 처음이자 마지막으로 천천히 바라보고 나서 두 눈을 감고 그 풍요로움을 기쁨에 따라 조용히 또는 격렬하게 내면에 저장되는 것을 느끼는 것이다. 마침내 시간은 그것들을 촘촘한 체로 걸러 모든 희로애락에서 에센스를 얻어 낸다.

카잔차키스에게 여행은 단순히 "지칠 줄 모르는 호기심으로" 낯선 땅을 관찰하는 것 이상의 의미가 있었다. 그는 그저 수동적으로 여행하는 것이 아니라 좀 더 능동적으로 여행했다. "완벽한 여행자라면 하나같이 그가 여행하는 나라를 만들어 낸다."라고 말한 적이 있을 정도다. 카잔차키스는 이렇게 능동적으로 경험한 것을 촘촘한 체로 걸러 그 정수만을 소재로 삼아 작품을 썼다. 그래서 독자들은 그의 작품에서 인공 감미료가 아니라 설탕이나 당밀 같은 천연의 감칠맛을 느끼게 된다. 그리고 그의 작품 중에서도 가장 감칠맛을 느낄 수 있는 작품이 바로 『그리스인 조르바』다.

1 영혼의 순례자 카잔차키스

카잔차키스가 여행한 지역이나 국가는 참으로 다양하다. 아테네 대학교를 졸업한 뒤 파리 소르본 대학교에서 유학을 마치고 귀국한 그는 1914년에 동료 시인인 앙겔로스 시켈리아노스와 함께 고국 그리스를 여행했다. 여기서 잠깐 이 두 사람의 관계를 살펴보는 것이 좋을 것 같다. 카잔차키스가 시켈리아노스보다 한 살 더 많았지만 두 사람은 동년배 친구 같았다. 시켈리아노스와 카잔차키스는 둘 다 아테네 대학교 법과대학에 다녔는데, 시켈리아노스는 카잔차키스와 달리 대학을 졸업하지 못하고 중도에 그만두고 말았다.

두 사람은 기질이나 인생관이 사뭇 달랐지만 영혼의 동반자였다. 낙관적 기질의 시켈리아노스는 세상일과 처세술에 밝은 반면, 과묵하고 내성적인 카잔차키스는 운둔자적 성격이 강했다. 전자가 문학가로서의 능력에 자신감을 느끼고 있었다면, 후자는 자신의 문학적 자질에 자주 의구심을 품었다. 카잔차키스는 자신이 사람의 얼굴을 직접 바라보는 것이 아니라 오히려 그 '얼굴 뒤에 있는 해골'을 바라보는 경향이 있다고 밝힌 적이 있다. 카잔차키스는 서른일곱 살이던 1920년까지도 아직 자신의 운명을 결정하지 못한 채 정신적으로 방황하고 있었다. 그래서 그는 가끔 자신이 영원히 고향 이타카로 돌아갈 수 없을 것 같은, 호메로스의 『오디세이아』의 주인공 오디세우스처럼 느껴질 때가 있다고 밝힌 적이 있다.

그러나 카잔차키스와 시켈리아노스는 문학을 통해 인간 영혼을 고양시키려고 했다는 점에서는 크게 다르지 않다. 시켈리아노스는 시와 희극 분야에서 두각을 나타낸 반면, 카잔차키스는 소설 분야에서 두각을 나타냈을 뿐이다. 두 사람 모두 그리스 현대 문학을 세계 문학의 반열에 올려놓았다는 평가를 받는다. 실제로 현대 그리스 문학에서 이 두 사람을 빼고 나면 사막처럼 황량하기 그지없다.

카잔차키스와 시켈리아노스가 함께한 그리스 여행의 첫 목적지는 아토스산이었다. 흔히 '성모 마리아의 정원'이라고 부르는 아토스산은 에게해(海)를 두고 마주 보는 마케도니아 반도에 있다. 1988년 세계문화유산으로 등재된 이 지역은 그리스 동방 정교회에 속한 20여 개 수도원들의 발상지이며, 지금은 그리스 공화국의 주권 안에서 수도원들의 자치주를 형성하고 있다. 오늘날 그리스 사람들은 아토스산을 '거룩한 산' 또는 '성산(聖山)', 그리스어로 '아기온 오로스'라고 일컫는다. 카잔차키스와 시켈리아노스는 40여 일 동안 아토스산에 있는 거의 모든 수도원을 방문하고 그곳에서 수도승처럼 금욕적인 생활을 하며 지냈다.

카잔차키스와 시켈리아노스가 아토스산을 먼저 여행한 것은 그리스의 정신적 지주라고 할 동방 정교회의 발상지를 몸소 체험하며 고국의 정신세계를 호흡하고 싶었기 때문이다. 물론 카잔차키스가 아토스산을 방문한 데는 이 무렵 민족주의 열정에 사로잡혀 있던 시켈리아노스의 영향이 무척 컸다. 어찌 되었든 두 사람의 여행은 기독교인들이 예루살렘을 방문하는 것 같은 순례 여행의 성격에 가까웠다. 그들은 아토스산에 머무는 동안 단테 알리기에리의 작품을 비롯하여 신약 성서의 4대 복음과 붓다에 관한 책을 읽었다. 이 무렵에 쓴 일기에 카잔차키스는 삶의 신조로 삼을 좌우명으로 "인간은 어떻게 자신을 구원하는가.(come l'uom s'eterna.)"라는 구절을 적었다. 이 말은 단테가 『신곡』의 「지옥편」에서 한 말이다. 또 다른 일기장에는 "내 위대한 스승 세 명은 호메로스, 단테, 베르그송"이라고 적기도 했다. 『그리스인 조르바』의 첫머리에서도 화자가 이탈리아 시성(詩聖) 단테를 두고 '내 여행의 길동무'라고 부르면서 『신곡』 문고판을 꺼내 읽는 장면이 나온다. 아토스산에 머무는 동안 카잔차키스와 시켈리아노스는 그리스 동방 정교회에 실망하고 정교회가 아닌 새로운 형태의 종교를 창설할 것을 꿈꾸기도 했다.

두 사람은 아토스산을 방문한 뒤, 이듬해인 1915년에 그리스 전역을 순회하는 여행길에 올랐다. 사로니크만(灣)에 있는 아이이나섬을 비롯하여 그리스 남부 모레아(중세~근대 초까지 펠로폰네소스반도를 일컫던 명칭) 등을 여행했다. 바로 이 무렵에 카잔차키스에게 예술적 영감을 준 획기적인 사건이 일어났다. 이해 10월 그는 아토스산의 나무를 벌목할 계획을 세우고 수도원과 계약을 주선하기 위하여 테살로니키를 여행했다. 수도원과의 계약은 그의 뜻대로 성사되지 않았지만 이곳에서의 경험이 뒷날 그가 『그리스인 조르바』를 집필하는 데 큰 영감을 불어넣어 주었다. 카잔차키스가 테살로니키에 머문 1915년은 1차 세계 대전이 일어난 지 1년이 되는 해였다. 그는 이곳에서 영국군과 프랑스군이 살로니카 전선에서 전투를 벌이기 위하여 그리스에 상륙하는 광경을 목격했다. 카잔차키스는 테살로니키에서 흔히 '러시아의 양심'이라 일컫는 레프 톨스토이의 작품에 심취했다. 종교가 문학보다 훨씬 더 중요하다고 생각한 카잔차키스는 이 러시아 작가가 멈춘 지점에서 자신의 문학을 다시 시작할 것을 다짐했다.

이렇게 시켈리아노스와 그리스 지역 곳곳을 순례한 카잔차키스는 홀로 외국 여행에 나섰다. 앞에서 언급했듯이 그는 프랑스 파리에서 2년 동안 유학한 경험이 있다. 1914년 그리스 여행 이후 카잔차키스는 1924년에는 독일 베를린에서, 1925년에는 이탈리아와 러시아에서 살았다. 1932년에 스페인에서 체류한 뒤로는 키프로스, 이집트, 시나이산, 체코슬로바키아, 니스 등 유럽의 거의 모든 나라를 두루 여행했다. 1935년에는 중국과 일본을 여행하기도 했다.

카잔차키스는 중국을 공산주의 혁명이 일어나기 전인 1935년과 혁명이 일어난 뒤인 1957년에 방문했다. 두 번째 방문은 중국 공산당 정부의 수상 저우언라이(周恩來)의 초청에 따른 것이었다. 카잔차키스는 중국의 공산주의야말로 소련의 스탈린식 공산주의를 대체할 수 있는 더할 나위 없이 훌륭한 대안이라고 생각했다. 이 무렵 카잔차키스는 백혈병으로 고생하고 있었는데도 무리하게 여행을 감행했고, 결국 이 여행이 그의 사망을 앞당기는 결과를 가져왔다. 그러고 보니 병중에도 여행을 놓지 않았고 새로운 체제에 관심이 많았던 카잔차키스가 미국을 방문하지 않은 것이 이상할 정도다.

1910년부터 1930년대까지 카잔차키스는 차분히 책상에 앉아서 작품을 집필하는 시간을 제외하고 늘 어딘가를 여행하고 있었던 셈이다. 그는 『그리스인 조르바』의 프롤로그에서 "내 삶에서 큰 은혜를 베풀어 준 것은 여행과 꿈이었다."라고 잘라 말한다. 그리고 "내가 고전분투하며 살아가는 동안 나를 도와준 사람은 거의 없었다."라고 밝힌다. 카잔차키스는 한편으로는 여행하고, 다른 한편으로는 꿈과 몽상에 빠졌다. 이 두 가지는 서로 전혀 다른 것처럼 보일지 모르지만 따져보면 실제로는 그렇게 다르지 않다. 여행은 꿈과 몽상에 탐닉할 수 있는 좋은 기회고, 꿈과 몽상은 예술 작품과 밀접하게 연관되어 있기 때문이다. 카잔차키스는 다른 곳에서는 '꿈'이라는 말 대신 '작품'이라는 말을 사용하기도 했다.

카잔차키스는 『그리스 조르바』의 한 장면에서 화자 '나'의 입을 빌려 조르바를 『아라비안나이트』에 나오는 뱃사람 신드바드에 빗대면서, 웬만큼 여행을 해서는 드넓은 세상을 경험하기란 쉽지 않다고 말한다. 짧은 인생 동안에 여행하기에 이 세상은 너무 넓기 때문이다.

"아저씨는 뱃사람 신드바드처럼 세상을 구석구석 누비고 다녔다고 자랑하죠. 그런데 불쌍한 아저씨, 당신은 여태껏 본 게 아무것도 없어요, 정말 아무것도 없다고요! 그건 저도 마찬가지입니다. 이 세상은 우리가 생각하는 것보다 훨씬 크고 넓어요. 우리가 아무리 이 세상을 누비고 돌아다녔다고 해 봤자 우리 집 문지방 밖으로 코빼기도 내밀지 못한 것과 다름없어요."

여기서 화자는 이 세상은 인간이 여행하기에는 너무 넓다는 사실을 말하고 있지만, 그 표층적 의미 밑에는 지리적 이동 못지않게 중요한 것이 정신적 여행이라는 의미가 암시되어 있다. 19세기 미국 작가 허먼 멜빌은 『화이트 재킷』에서 한 작중 인물의 입을 빌려 "인생이란 집으로 향하는 항해"라고 말한 적이 있다. 그의 말은 얼핏 모순처럼 느껴질지 모른다. 여행이란 집을 떠나는 것인데 어떻게 여행이 집으로 향하는 항해라는 말인가. 그러나 멜빌이 말하는 집이란 인간이라면 누구나 마침내 돌아가야 할 집, 즉 죽음이나 죽은 뒤 묻히는 무덤이라고 할 수 있다. 신약 성서 「히브리서」에서 말하는 "영원한 본향 하늘나라" 또는 "하늘의 고향"과 비슷한 표현이다.

젊었을 적부터 선원 생활로 잔뼈가 굵은 멜빌에게 드넓은 바다는 그의 말대로 "하버드 대학이요 예일 대학"이었다. 전쟁이 일어나는 곳이라면 어디든지 달려가던 20세기 미국 문학의 거장 어니스트 헤밍웨이에게는 피비린내 나는 전쟁터가 교육장이었다. 카잔차키스의 교육장은 여행이었다. 그에게 여행은 단순히 지리적 여정이 아니라 삶의 의미를 찾아 떠나는 지적 모험이고 영적 순례였다. 그리고 그는 여행에서 보고 느낀 구체적인 경험을 바탕으로 작품을 썼다. 그의 작품에서 향수 냄새보다는 흙냄새와 땀 냄새가 물씬 풍기는 것은 바로 그 때문이다.

2 크레타의 이단아

카잔차키스는 1883년 구력(舊曆, 율리우스력)으로 2월 18일, 신력(新曆, 그레고리력)으로 3월 3일에 크레타섬의 중심 도시인 항구 도시 이라클리오에서 4남매 중 장남으로 태어났다. (다른 서유럽 국가나 미국과 달리 그리스는 1923년에야 비로소 율리우스력을 버리고 그레고리력을 채택했다.) 이라클리오는 카잔차키스가 태어날 때만 해도 메갈로카스트로라는 이름으로 불렸다. 그의 아버지 미할리스는 이 섬에서 농사를 지으면서 농산물과 포도주 및 가축 사료를 사고파는 가게를 경영하였다. 뒷날 카잔차키스는 그의 아버지 미할리스를 모델로 삼아 『미할리스 대위』라는 소설을 쓴다. 이 소설은 뒷날 영국에서 『자유인가 죽음인가』라는 제목으로 출간되었다. 그의 어머니 마리아는 '성녀 같은' 여성으로 묘사되는 것으로 보아 성품이 온화하고 신앙심이 깊었던 것 같다.

크레타는 그리스 남부 에게해와 지중해에 걸쳐 있는 섬으로 그리스에서 가장 큰 섬이며 지중해에서는 다섯 번째로 큰 섬이다. 신석기 시대부터 사람들이 살기 시작한 크레타섬은 유럽에서 가장 오래된 미노스(또는 미노아) 문명의 발상지로 찬란한 신화의 꽃을 피웠다. 장인(匠人) 다이달로스와 그의 아들 이카로스에 관한 신화는 바로 이 크레타섬을 배경으로 하고 있다. 오늘날 미노스 문명의 흔적은 이라클리오 근처의 크노소스 궁전 정도밖에 남아 있지 않지만 그곳에 아직도 생생하게 남아 있는 벽화와 도기 등을 보면 이 섬에서는 아주 오래전부터 해양 문화가 크게 발전했음을 알 수 있다. 기원전 8세기경에 활약한 서사시인 호메로스도 『일리아스』와 『오디세이아』에서 크레타섬을 언급했다.

카잔차키스는 이렇게 신화와 전설이 흘러넘치는 크레타섬의 원시적인 대자연 속에서 순박한 농부들과 함께 어린 시절을 보냈다. 감수성이 풍부한 그에게 그리스 본토에서 멀리 떨어진 채 지중해에 한 떨기 연꽃처럼 떠 있는 크레타섬은 그야말로 낙원 같은 곳이었다. 그는 이곳에 태어나 자라면서 아름다운 대자연을 보며 무척 감명을 받았다. 그래서인지 카잔차키스는 청년 시절에 고향을 떠난 후에도 예술적 영감이 필요할 때면 으레 크레타를 찾곤 했다. 그에게 크레타섬은 자애로운 어머니의 품과 같았다.

카잔차키스가 태어날 무렵 크레타는 그리스가 아니라 오스만 제국에 속해 있었다. 오스만 제국은 오스만 가문을 왕가로 한 제국으로, 현재 터키의 최대 도시인 이스탄불을 수도로 삼아 서쪽으로는 모로코, 동쪽으로는 아제르바이잔, 북쪽으로는 우크라이나, 남쪽으로는 예멘에 이르는 광대한 영역을 지배했던 나라다. 크레타는 1912년에 이르러서야 비로소 오스만 제국에서 해방되어 그리스 본토와 합병하였다.

카잔차키스가 여섯 살 되던 1889년에 크레타 주민들이 오스만 제국에 맞서 민중 봉기를 일으켰다. 카잔차키스 가족은 그리스 본토로 피난 가서 여섯 달 동안 살았다. 독립을 쟁취하기 위한 민중 봉기는 결국 실패로 돌아갔지만 그로부터 8년 뒤인 1897년에 크레타 주민들이 다시 봉기를 일으켰고, 그 이듬해에는 터키군을 크레타섬에서 몰아내는 데 성공하였다. 두 번째 봉기가 일어나자 카잔차키스의 부모는 안전을 위하여 아들을 좀 더 본토에 가까운 낙소스섬으로 보냈다. 이섬에서 그는 프랑스의 프란치스코 수도회 수사(修士)들이 운영하는 성십자가 학교에서 공부하였다. 카잔차키스가 평생 프랑스어에 심취한 것은 어린 시절에 프랑스 수도사들과 접촉했기 때문이다. 뒷날 그는『토다 라바』,『엘리아 대위』,『바위 정원』 같은 작품을 그리스어가 아닌 프랑스어로 집필했다.

크레타는 오스만 제국의 굴레에서 벗어나 그리스에 합병되었지만 섬 나름의 정체성을 지키려고 노력했다. 크레타인들은 섬 밖에서 온 그리스 본토 사람들을 '외국인'처럼 취급하기 일쑤였다.『그리스인 조르바』에서 마을의 명예를 더럽혔다는 이유로 젊은 미망인 소르멜리나를 살해할 때 조르바에게 모욕을 당한 마놀라카스는 뒷날 그에게 복수하려고 달려든다. 그러자 화자가 마놀라카스를 말리며 "조르바 아저씨는 마케도니아 출신, 외국인이라는 걸 잊지 마세요. 우리 크레타 사람들이 우리 땅에 온 타향 사람에게 손찌검하는 건 무척 부끄러운 짓입니다."라고 말한다는 점을 눈여겨보아야 한다.

여기서 화자는 마케도니아를 나라 이름으로 사용하는 것이 아니라 그리스의 한 지역으로 언급한다. 크레타섬 사람인 마놀라카스에게 조르바는 같은 그리스 국민일지라도 문화적으로나 심정적으로는 서로 다른 나라에 사는 사람이나 마찬가지다. 그래서 화자도 조르바를 외국인이라고 부르는 것이다. 이처럼 크레타는 그리스 본토와는 다른 정체성에 큰 자부심을 느끼고 있었다. 또한 크레타섬은 지정학적 특징 때문에 '동지중해의 항공 모함'이라는 별명으로 불렸는데, 그러한 위치 탓에 2차 세계 대전 중에 격전지가 되기도 했다.

한편 낙소스섬에서 다시 크레타섬으로 돌아온 카잔차키스는 1899년에서 1902년까지 이라클리오에서 김나지움 과정을 마쳤다. 그리고 1902년에 아테네 대학교 법과 대학에 입학하여 1906년에 졸업하였다. 그는 「프리드리히 니체의 정의 철학과 국가」라는 논문으로 '주리스 독토르(Juris Doctor)' 학위를 받았다. 그가 받은 학위를 문자 그대로 옮기면 '법학 박사'가 될 테지만 그리스와 이탈리아 등 몇몇 유럽 국가에서 말하는 '독토르'는 오늘날 서유럽과 미국에서 흔히 사용하는 '박사'와는 조금 다르다. 학사, 석사, 박사 학위를 통틀어 그렇게 부르기 때문이다. 카잔차키스는 법학 학사 학위를 받았다고 할 수 있다.

이듬해 1907년 10월에 카잔차키스는 프랑스 파리로 유학을 떠나 소르본 대학교 법과 대학에서 법률을 전공하는 동시에 콜레주 드 프랑스에서 철학을 전공했다. 그리고 1909년에 소르본 대학교에 논문을 제출했는데 이는 아테네 대학교에 제출한 논문을 다시 고쳐 쓴 것으로, 제목도 똑같았다. 이때 카잔차키스는 콜레주 드 프랑스의 교수이자 '생(生)철학' 또는 '창조적 진화 철학'을 창시한 철학가로 유명한 앙리 베르그송의 강의를 들으며 그로부터 큰 영향을 받았다. 『그리스인에게 보내는 보고서』에서 카잔차키스는 베르그송의 강의에 대하여 "그의 말은 필연성의 내면에 조그마한 문을 열어 빛이 쏟아져 들어오게 하는 마법이었다."라고 회고한다.

카잔차키스는 프랑스 유학을 떠나기 전부터 이미 그리스에서 작가와 저널리스트로서 명성을 얻고 있었다. 대학을 졸업하던 해 그는 '카르마 니르바니'라는 필명으로 「20세기의 질병」이라는 논문을 잡지에 발표했고, 첫 작품인 중편 소설 『뱀과 백합』을 출간했다. 몇 달 뒤에는 『새벽이 밝아 오다』라는 희곡을 집필하여 아테네 극장에서 공연하기도 했다. 그러나 카잔차키스에게 희곡상을 안겨 준 이 작품은 상연되자마자 큰 논란을 불러일으켰다. 이로써 그는 그리스에 하루아침에 유명 인사가 되었다. 그의 나이 스물네 살 때의 일이다. 카잔차키스는 프랑스 유학 중에도 문학과 저널리즘에 대한 정열을 계속 이어 갔다. 베르그송과 프리드리히 니체의 철학을 연구하는 한편, 그는 『상처 받은 영혼』이라는 장편 소설과 『장인 건축가』라는 희곡을 완성하였다. 또한 저널리스트로서 그리스 신문과 잡지에 잇달아 글을 발표하기도 하였다.

카잔차키스는 프랑스 유학을 마치고 이탈리아를 거쳐 크레타에 돌아왔다. 그는 크레타섬에 머물며 학위 논문을 단행본으로 출간하는 한편 『코미디』라는 단막극과 「과학은 파산했는가?」라는 에세이를 출간하는 등 저술 활동을 왕성하게 전개해 나갔다. 또한 그는 '카타레부사(katharevousa)'라는 그리스의 공식어 대신 민중들이 일상생활에서 사용하는 언어를 사용할 것을 부르짖었다. '이라클리오의 솔로모스 협회'의 회장을 맡고 있던 카잔차키스는 이러한 언어 개혁을 주창하는 선언문을 아테네 잡지에 발표하여 관심을 끌기도 하였다. 그의 이러한 활동은 일찍이 단테가 지식인들이 주로 사용하던 라틴어의 굴레에서 벗어나 피렌체 민중의 언어로 『신곡』을 쓴 것과 궤를 같이한다.

이 무렵 카잔차키스가 발표한 에세이 중에서 가장 관심을 끄는 것은 「우리 청춘을 위하여」라는 글이다. 1910년에 발표한 이 글에서 그는 이온 드라구미스야말로 조국 그리스를 새로운 영광으로 이끌 뛰어난 지도자이자 예언자라고 주장하였다. 카잔차키스보다 몇 년 앞서 아테네 대학교 법과 대학을 졸업한 드라구미스는 외교가, 혁명가, 철학가, 그리고 작가로 크게 이름을 날렸다. 드라구미스는 고대 그리스 문화의 찬란한 영광에 얽매여 있는 한 그리스의 미래는 없다고 판단하고 새로운 그리스 문화를 건설할 것을 부르짖은 선각자였다. 여러모로 드라구미스와 뜻을 같이한 카잔차키스는 젊은이들을 중심으로 새로운 그리스 건설 운동을 전개했다. 카잔차키스는 '그리스 교육 협회'의 창립 회원이 되어 개혁 운동에 앞장섰다. 한편 이즈음 그는 생계 수단으로 프랑스어, 독일어, 영어, 고대 그리스어 등으로 쓴 작품을 현대 그리스어로 번역했다.

1911년에 카잔차키스는 그동안 동거 생활을 했던 이라클리오 출신 작가이자 지식인인 갈라테아 알렉시우와 결혼하였다. 이 무렵 그는 니체와 베르그송의 철학서를 그리스어로 번역하고 강연을 통해 그들을 그리스에 소개하기 시작했다. 강의가 끝난 뒤에는 강의 내용을 잡지에 발표하기도 했다. 그러던 중에 발칸 전쟁(1912~1913)이 일어나자 카잔차키스는 군대에 자원입대하여 엘레프테리오스 베니젤로스 수상의 개인 사무실에서 근무했다.

1917년 9월에 카잔차키스는 스위스로 여행을 떠났다. 이 무렵 니체에 심취해 있던 그는 취리히 주재 그리스 영사인 야니스 스타브리다키스의 집에 머물며 니체와 관련이 있는 지역이나 유적을 방문했다.(뒷날 1923년에는 니체가 태어난 독일 나움부르크로 순례를 떠나기도 했다.) 같은 해에 카잔차키스는 지적인 그리스의 여성 엘리 람브리디와 사귀기 시작했다. 1차 세계 대전의 전후 처리에 한창이던 1919년에 베니젤로스 수상은 카잔차키스를 공공복지부 장관에 임명하였다.

공공복지부 장관으로서 카잔차키스에게 부여된 임무는 캅카스에서 볼셰비키(구소련 공산당의 별칭) 치하에서 박해받고 있던 15만 명이 넘는 그리스인들을·안전하게 구출해 송환하는 것이었다. 이 무렵 러시아, 즉 소비에트 연방 정부는 그리스가 연합군의 편을 들어 소비에트 정부를 전복시키려 한 것에 대한 보복으로 카스피해·흑해 연안의 캅카스 지역에 거주하는 그리스인들을 박해하고 있었다. 이해 10월 카잔차키스는 취리히 주재 그리스 영사로 근무하던 스타브리다키스와 구조 팀을 꾸렸다. 여기에는 자신이 광부로 고용한 알렉시스 조르바스가 포함되어 있었다. 카잔차키스는 이 구조 팀과 함께 캅카스로 가서 동포를 구출하여 마케도니아와 트라키아에 무사히 이주시켰다. 카잔차키스는 뒷날 이 경험을 『그리스인 조르바』와 『그리스의 정열』의 중요한 소재로 사용하였다.

1920년 8월에 드라구미스가 암살되고 베니젤로스 수상이 선거에 패배하여 사임하자 이들과 뜻을 같이하던 카잔차키스도 공공복지부 장관에서 물러날 수밖에 없었다. 공직에서 내려온 카잔차키스는 곧바로 파리로 건너갔고, 독일을 여행한 뒤에 그리스에 돌아오지만 다시 비엔나와 베를린으로 떠났다. 이 즈음의 카잔차키스는 불교에 심취하여 불교 경전을 읽으면서 붓다의 생애에 관한 희곡을 집필하기 시작했다. 지그문트 프로이트의 정신 분석에 관심을 기울이기 시작한 것도 이 무렵이었다. 이 시기의 정세는 극도로 혼란했는데, 특히 그리스는 1919년 5월, 소아시아의 이즈미르를 침공하여 터키(당시 오스만 제국)와 전쟁 중이었다. 이른바 '소아시아의 재앙'이라 불린 이 전쟁에서 그리스가 터키에게 완전히 패했다는 소식을 전해 들은 카잔차키스는 민족주의적인 태도를 버리고 점차 공산주의에 경도되기 시작하였다.

당시 카잔차키스의 목표는 불교의 정적주의와 공산주의의 행동주의를 창조적으로 화해시키는 것이었고, 이를 위한 노력의 일환으로 『하느님의 구원자들』이라는 종교서를 집필하기 시작했다. 1922년부터 1923년까지 비엔나와 베를린에 머물 때 처음 이 작품을 집필하여 1927년에 아테네에서 발행하는 잡지에 발표했다. 그 뒤 여러 번 수정에 수정을 거듭하며 무척 큰 공을 들였고, 『하느님의 구원자들』은 1944년에서야 비로소 완성되었다. 카잔차키스는 여기서 오직 창조적 행위에 헌신하는 것만이 하느님을 구원할 수 있는 길이라고 주장하였다. 이 저서는 카잔차키스의 종교관을 이해하는 데 큰 도움을 주는 소중한 책으로 평가받는다.

1924년에 카잔차키스는 세 달 동안 이탈리아에 머물며 폼페이를 방문하고 성(聖) 프란치스코의 고향 아시시를 방문했다. 이 여행 이후 폼페이는 그의 뇌리에서 좀처럼 떠나지 않는 중요한 상징이 되며, 성 프란치스코 또한 평생의 정신적 스승이 되었다. 아테네로 돌아온 카잔차키스는 엘레니 사미우와의 관계가 깊어지면서 첫 번째 아내 갈라테아와의 관계가 점차 소원해지기 시작하였다. 1925년에 그는 아테네에서 발행하는 한 신문의 특파원 자격으로 소련을 방문하였다. 카잔차키스는 이 방문 이후 스탈린의 독재 체제에 회의를 느낄 때까지 모두 세 번에 걸쳐 소련을 방문하였다. 그의 두 번째 방문은 러시아 혁명 10주년 행사를 맞아 소련 정부로부터 초청을 받아 이루어졌다. 카잔차키스는 그곳에서 루마니아 국적의 작가인 파나이트 이스트라티를 만났다. 그는 프랑스어로 작품을 창작해, 프랑스에서 상당한 인기를 누리고 있던 유명인이었다. 두 사람은 캅카스 지방을 함께 여행하고 다시 러시아로 돌아와 막심 고리키와 빅토르 세르게이를 만났다.

1939년, 2차 세계 대전이 일어나면서 카잔차키스의 삶에도 큰 변화가 일어났다. 1940년 10월에 무솔리니가 그리스를 점령하자 카잔차키스는 다시 한번 그리스 민족주의에 깊은 회의를 품게 되었다. 1941년에는 독일군이 그리스 본토를 점령한 뒤 크레타섬까지 침공했다. 그는 독일군에 의해 아이이나에 감금당했다. 그가 『그리스인 조르바』를 집필하기 시작한 것은 바로 독일군에 감금당해 있던 무렵이었다. 카잔차키스는 세상과 모든 인연을 끊고 궁핍과 절망을 에너지 삼아 오직 작품 창작에만 몰두했다. 그리고 그 어느 때보다 창작열을 불태워 현대의 고전으로 평가받는 작품을 창작했던 것이다.

여기서 한 가지 흥미로운 사실은 카잔차키스가 이 무렵 창작에 몰두하면서도 다시 정치에 뛰어들 각오를 다지고 있었다는 점이다. 1944년에 독일군이 그리스에서 퇴각하자마자 그는 곧바로 아테네로 갔고, 그 이듬해에 '사회주의 노동자 연맹'의 대표로 활약하였다. 이 연맹은 뿔뿔이 흩어져 있는 비공산주의 계열의 그룹을 하나로 통합하는 것이 목적이었다. 이때 카잔차키스는 테미스토클레스가 이끄는 연합 정부에서 정무 장관에 임명되었다. 이로써 카잔차키스는 두 차례에 걸쳐 그리스의 장관이 된 셈이다. 그러나 1946년에 민주사회주의당이 결성되면서 그는 장관직에서 물러날 수밖에 없었다.

1945년 11월에 카잔차키스는 오랫동안 교제해 오던 아테네 출신의 젊은 여성 엘레니 사미우와 그리스 정교회에서 결혼식을 올렸다. 1928년에 카잔차키스가 소비에트 연방을 방문할 때 엘레니가 동행하여 함께 북부 소련 지방을 여행했을 정도니, 두 사람은 이미 부부처럼 지낸 지 오래였다. 이 여행을 마친 후 두 사람은 짧은 기간을 제외하고는 거의 떨어지지 않고 함께 지냈다. 카잔차키스는 자신이 느끼는 행복은 엘레니 때문이고 만약 그녀가 없다면 일찍 사망했을 것이라고 털어놓기도 했다. 실제로 엘레니는 아내로서는 말할 것도 없고 비서, 간호인, 동반자, 친구로서 카잔차키스가 사망할 때까지 아주 헌신적으로 그를 보살폈다. 원고를 수정하고 편집하는 일을 적극적으로 도와주었을 뿐만 아니라 카잔차키스가 사망한 뒤에는 그가 쓴 편지를 토대로 전기를 쓰기도 했다.

이듬해인 1946년 3월에는 그리스 독립을 기념하기 위하여 아테네의 로열 극장에서 카잔차키스의 희곡 「카포디스트리아」가 공연되었다. 그러나 이 연극은 1907년에 「새벽이 밝아오다」를 공연했을 때처럼 큰 물의를 일으켰다. 극우 민족주의자들이 이 연극을 공연한 극장을 불태우겠다고 협박할 정도였다. 카잔차키스는 고국 그리스를 떠나 영국과 프랑스에서 머물 수밖에 없었고, 외국에서 유배 아닌 유배 생활을 하게 되었다. 그는 지금껏 여러 번 조국이 자신을 저버렸다고 생각했지만 이 무렵처럼 심하게 조국에 배신감을 느낀 적이 없었다. 결국 카잔차키스는 숨을 거둘 때까지 고국 땅을 밟지 못했다. 그러나 카잔차키스가 절망에 빠져 쓰러지는 일은 없었다. 그는 프랑스에 체류하는 동안 영향력을 행사하여 파리의 유네스코 본부에 자리를 얻었다. 그가 맡은 일은 고전 작품을 번역하여 동양과 서양 사이에 가교 역할을 하는 것이었다. 그러나 카잔차키스는 창작에 전념할 생각으로 곧 유네스코 일을 그만두고 이때부터 오직 창작에만 온 힘을 기울였다. 이 시기에 『그리스인 조르바』를 비롯한 그의 작품이 영국과 미국을 비롯한 유럽의 여러 나라에서 번역되어 출간되었고, 그는 비로소 경제적으로 비교적 안정된 생활을 할 수 있었다.

그러나 이러한 성공에도 불구하고 이 무렵의 카잔차키스는 신체적으로나 정신적으로 여러 어려움을 겪었다. 1952년에는 1922년부터 그를 괴롭혀 온 얼굴 습진이 재발했고, 1953년에는 오른쪽 눈에 심하게 염증이 생겨 파리 병원에 입원했지만 결국 한쪽 눈의 시력을 잃는 불운을 맞았다. 또한 1954년에 독일 만하임 병원에서 임파선과 관련한 백혈병이라는 진단을 받았다.

이에 카잔차키스는 아내 엘레니와 함께 스위스의 루가노에서 요양하면서 『그리스인에게 보내는 보고서』를 집필하기 시작하였다. 카잔차키스는 "이 책은 자서전이 아니다. …… 그러므로 독자여, 그대들은 이 책에서 내 핏방울이 만든 붉은 자국, 내가 사람들과 정열과 관념 사이를 여행한 자취를 발견할 것이다."라고 말하며 이 책이 자서전이 아님을 강력히 주장했다. 하지만 일반적 의미의 자서전은 아닐지 몰라도 그의 영적 궤적을 기록한다는 점에서 카잔차키스의 영적 자서전으로 보아도 크게 틀리지 않을 것 같다. 이렇게 투병 생활을 하면서도 카잔차키스는 잠시도 쉬지 않고 창작 활동에 전념하였다.

카잔차키스의 고난은 여기서 끝이 아니었다. 그동안 카잔차키스의 신앙 문제를 의심의 눈초리로 바라보던 그리스 동방 정교회에서, 영어권에서 『자유인가 죽음인가』라는 제목으로 출간된 『미할리스 대위』의 일부와 『마지막 유혹』 전편이 신성 모독적이라는 이유를 들어 그를 기소하려고 했다. 물론 정식 기소로 이어지지는 않았지만 카잔차키스에게 상당한 심적 부담이 되었던 것만은 틀림없었다.

그리스 정교회는 카잔차키스를 기소하지 못했지만 1954년에 로마 교황 피우스 7세가 그의 『마지막 유혹』을 로마 가톨릭 금서 목록에 올려놓았다. 그러자 카잔차키스는 기원후 2세기에서 3세기에 걸쳐 활약한 기독교 옹호론자 테르툴리아누스의 "주님, 저는 당신의 법정에 호소하나이다."라는 말을 인용하여 바티칸에 전보를 보냈다. 1년 전 그리스 정교회가 카잔차키스를 기소하려 했을 때도 그는 이와 똑같은 구절에 "거룩한 신부님들이여, 당신들은 제게 저주를 주었습니다. 그러나 저는 당신들에게 축복을 드립니다. 당신들의 양심이 저의 양심처럼 깨끗하기를, 또 당신들이 저처럼 도덕적이고 믿음이 깊기를 빕니다."라는 말을 덧붙여 탄원서를 보냈었다.

종교 문제로 시대와 적잖이 불화를 겪던 이 무렵에 카잔차키스는 또 한 명의 영혼의 동반자를 만났다. 1955년 8월에 그는 아내 엘레니와 함께 독일 군스바흐로 향했다. 독일의 루터교 신학자요 의료 선교사인 알베르트 슈바이처를 만나기 위해서였다. 카잔차키스도, 슈바이처도 정통적인 교리에서 한 발 물러나 있었지만 진지하고 종교적인 사상가임에는 틀림없었다. 두 사람은 그런 의미에서 소울메이트나 다름없었다. 1952년에 노벨 평화상을 수상한 슈바이처는 카잔차키스를 1956년도 노벨 문학상 후보에 추천하였다. 1957년에 카잔차키스가 중국 여행 중 병세가 악화되어 프라이부르크 병원에 입원했을 때는 병원으로 찾아와 위로해 주었다. 또한 카잔차키스가 마침내 사망했을 때도 병원을 방문하여 가족을 위로했다.

카잔차키스는 백혈병 진단을 받았으면서도 글쓰기를 멈추지 않은 것처럼, 와병 중에도 중국 공산당 정부로부터 초청을 받자 긴 여행길에 올랐다. 일본을 거쳐 귀국할 예정이었기 때문에 그는 광둥에서 전염병 예방 접종 주사를 맞았는데 주사 부위가 부어오르면서 팔에 회저가 생기기 시작했다. 카잔차키스는 백혈병을 처음 진단받은 독일의 프라이부르크 임브라이스가우 병원에 입원하여 치료를 받았다. 그러나 이번에는 아시아 독감이 허약할 대로 허약해진 그의 몸을 엄습했다. 그리하여 카잔차키스는 1957년 10월 26일, 일흔네 살의 나이로 사망하였다.

카잔차키스의 시체는 아테네로 운구되었지만 그리스 정교회에서 장례를 거절하는 바람에 다시 그의 고향 크레타로 옮겨졌다. 카잔차키스는 이라클리오 가톨릭 성당에 안치되었지만 성당 내 묘지에 묻히지 못하고 이라클리오 성문 바깥 하니아 문 근처에 묻혔다. 그러나 장례식 때는 대규모의 장의 행렬이 그의 운구를 따랐다. 카잔차키스의 묘지는 판석 옆에 나무 십자가가 우뚝 서 있을 뿐 초라하기 그지없다. 그의 유언에 따라 묘비에는 "나는 아무것도 바라지 않는다. 나는 아무것도 두려워하지 않는다. 나는 자유다."라는 짧은 문장이 적혀 있다. 이 구절은 그가 『하느님의 구원자들』이라는 책에서 썼던 문장으로 살아 있을 적에 자신이 사망하면 묘비명으로 삼아 달라는 유언을 남겼었다.

이 글의 첫머리에서 인용한 서정주의 「자화상」에는 "세상은 가도 가도 부끄럽기만 하더라./ 어떤 이는 내 눈에서 죄인을 읽고 가고/ 어떤 이는 내 입에서 천치를 읽고 가나/ 나는 아무것도 뉘우치진 않으련다."라는 구절이 있다. 이 구절은 카잔차키스에게도 비교적 잘 들어맞는다. 그는 세상의 평가에는 아랑곳하지 않고 오직 작가로서의 길을 묵묵히 걸어갔던 사람이다.

4 팔방미인 작가 카잔차키스

카잔차키스가 이룩한 문학적 성과는 무려 아홉 차례에 걸쳐 노벨 문학상 후보에 올랐다는 사실이 뒷받침한다. 1946년에 그리스 작가 협회는 카잔차키스와 그의 친구 안젤로스 시켈리아노스를 노벨 문학상 후보로 추천했다. 1956년도에는 슈바이처의 추천으로 노벨 문학상 후보에 다시 올랐지만 마지막 순간에 스페인 작가 후안 라몬 히메네스에게 노벨상의 영예를 내주었다. 1957년에도 노벨 문학상 후보에 올랐지만 이번에는 알제리 태생의 프랑스 작가 알베르 카뮈에게 단 한 표 차이로 자리를 내주고 말았다. 뒷날 카뮈는 스웨덴 한림원의 노벨상 문학상 선정 위원의 결정이 부당하고 말하면서 카잔차키스가 자신보다 "백 배는 더 노벨 문학상을 받을 자격이 있었다."라고 밝힌 적이 있다. 카잔차키스가 노벨 문학상을 받지 못한 데는 무엇보다도 그의 무신론적인 성향이 문제가 된 것으로 알려져 있다. 무신론적 성향으로 말하자면 카뮈도 만만치 않지만 스웨덴 한림원은 카뮈보다 카잔차키스가 훨씬 더 무신론적 성향이 강하다고 판단했던 것이다.

카잔차키스는 어느 한 장르에 국한하지 않고 여러 장르에 걸쳐 활약했다는 점에서도 눈길을 끈다. 지금은 소설가로서 가장 널리 알려져 있지만 그는 시, 에세이, 희곡, 아동 문학, 여행기, 비평, 회고록, 번역에도 깊은 관심을 기울였다. 그가 손을 대지 않은 장르는 거의 없을 정도다. 세계 문학사를 샅샅이 훑어보아도 카잔차키스처럼 다양한 장르에 걸쳐 폭넓게 활약한 사람을 찾아보기는 어렵다. 그가 사망하기 전에 출간한 작품과 사후에 출간된 작품을 합치면 무려 30여 편에 이른다. 먼저 소설만 보면 『그리스인 조르바』를 비롯하여 『뱀과 백합』, 『최후의 유혹』, 『다시 십자가에 못 박힌 그리스도』, 『미할리스 대위』, 『성 프란치스코 또는 하느님의 거지』, 『바위 정원』, 『형제 살해』, 『토다 라바』 등이 있다. 『알렉산더 대왕』과

『크노소스의 궁궐에서』는 아동 문학에 속한다.

카잔차키스는 창작 활동을 처음 시작하던 시기부터 소설 장르 못지않게 희곡 장르에도 관심이 많았다. 그는 고대사와 현대사로부터 소재를 빌려와 작품을 쓰거나 고대 작품을 다시 현대적 의미로 재해석하는 작품을 쓰기도 하였다. 예를 들어 『프로메테우스』, 『카포디스트리아스』, 『쿠로스 또는 테세우스』, 『니케포루스 포카스』, 『콘스탄티누스』, 『크리스토퍼 콜럼버스』, 『소돔과 고모라』, 『붓다』, 『멜리사』 등이 있다. 이 중에서도 『붓다』는 그가 심혈을 기울여 여러 번 고쳐 쓴 작품이다.

카잔차키스는 소설과 희곡에 이어 시에도 관심을 기울였다. 1925년에서 1938년까지 그는 『오디세이아』라는 장편 서사시에 온 힘을 쏟았다. 제목에서도 잘 알 수 있듯이 이 작품은 호메로스의 『오디세이아』의 속편에 해당하고 오디세우스가 고향 이타카로 돌아와 가족과 상봉하는 장면에서 시작한다. 카잔차키스는 이 서사시를 무려 여덟 번에 걸쳐 고쳐 썼다. 호메로스의 작품처럼 24편으로 구성되어 있는 이 작품은 모두 3만 3333행에 이른다. 그는 이 장편 서사시 외에도 비교적 길이가 짧은 서정시를 쓰기도 하였다.

카잔차키스의 시 중에서 흥미로운 작품은 「나비」라는 시다. 『그리스인 조르바』에서 화자는 번데기에서 막 나비로 탈바꿈하려는 애벌레에 따스한 숨결을 불어넣어 나비를 죽게 만든 경험을 회상한다. 인위적으로 번데기에서 나온 나비는 곧 시들어 죽고 만다. 이 경험과 관련하여 화자는 "나는 솜털처럼 가벼운 나비의 사체가 내 양심을 짓누르는 가장 무거운 짐이 되었다고 믿는다. …… 영원한 자연의 법칙을 재촉하는 것은 치명적인 죄라는 사실을 깨달았다."라고 말한다. 이 장면을 소재로 쓴 작품이 다름아닌 「나비」라는 서정시다.

앞에서 언급했듯이 카잔차키스는 생계를 유지하기 위한 수단으로 니체나 베르그송 같은 철학자들의 작품을 그리스어로 번역하였다. 프랑스를 비롯한 유럽 여러 나라의 아동 문학을 그리스어로 번역하기도 했다. 그러나 그의 번역에서 주목해야 할 것은 단테의『신곡』전편을 번역했다는 점이다. 평소 단테를 문학적 스승으로 존경하던 카잔차키스는 생계 수단이 아닌 문학적 사명감에서 단테의 작품을 번역했다. 또한 자신의 문학적 스승인 호메로스의 서사시도 현대 그리스어로 번역했다. 스페인의 시를 그리스어로 옮기기도 했다. 한편 카잔차키스는 자신의 작품을 프랑스어를 비롯한 외국어로 번역하기도 했는데, 이는 번역학이나 번역 이론에서 흔히 말하는 '자기 번역'을 시도한 것이라고 볼 수 있다.

또한 카잔차키스는『스페인』,『일본과 중국』,『영국』,『러시아』를 비롯한 여행기도 많이 출간하여 여행 작가로서도 크게 이름을 날렸다. 그는 신변잡기적인 기행문에 불과했던 여행기를 본격적인 문학 장르의 반열에 올려놓았다는 평가를 받는다. 카잔차키스는 회고록이나 자서전, 연구서를 집필하기도 했는데『하느님의 구원자들』,『그리스인에게 보내는 보고서』,『심포지엄』,『프리드리히 니체의 정의 철학과 국가』등이 그것이다. 이 때문에 카잔차키스를 단순히 문학가의 범주에 두지 않고 철학자나 종교 이론가의 반열에 올려놓으려는 학자들도 적지 않다. 일반 독자들에게는 잘 알려져 있지 않지만 그가 거둔 철학적 성과는 문학적 성과 못지않게 크기 때문이다.

그런가 하면 카잔차키스는 거의 평생 정치에 관심을 기울였다. 그는 문학을 포함한 인간의 모든 행위는 궁극적으로 정치를 떠나서는 생각할 수 없다고 생각했다. 여기서 잠깐 카잔차키스의 정치적 성향을 짚고 넘어가는 게 좋을 것 같다. 정치적 문제가 폭발하던 베를린에 체류하는 동안 그는 공산주의에 관심을 기울이게 되었고, 혁명가 블라디미르 레닌을 존경하게 되었다. 그래서 그는 소비에트 연방을 방문하여 멘셰비키 정치가요 작가인 빅토르 세르게이와 함께 머물렀다. 멘셰비키는 볼셰비키 당 내부의 분파로 사실상 레프 트로츠키가 이끌고 있었다. 그러나 레닌이 사망한 뒤 이오시프 스탈린이 정권을 잡으면서 공산주의가 독재 체제로 변질되자 카잔차키스는 공산주의 이념에 환멸을 느꼈다. 이즈음 그는 초기에 품고 있던 민족주의적 신념을 좀 더 보편적인 이데올로기로 점차 바꾸기 시작하였다.

5 왜 글을 쓰는가

작가가 글을 쓰는 행위를 흔히 산모가 아이를 분만하는 것에 빗댄다. 무척 고통스럽다는 점에서도 그렇고, 임신(구상)과 태아 성장(집필)과 출산(완성)의 과정을 거쳐야 한다는 점에서도 그렇다. 품고 있던 것을 내보내 마침내 이 세상에 햇빛을 보게 했을 때 행복감과 희열감을 느낀다는 점에서도 이 두가지는 서로 비슷하다. 아이이나에 있는 집에서 조르바스에 관한 원고를 마친 마지막 날 니코스 카잔차키스는 집필을 시작한 첫날처럼 옥상에 앉아 바다를 바라보고 있었다. 초저녁에 탈고한 원고를 무릎 위에 올려놓고 있자니 감회가 남달랐다. 이러한 감회에 대하여 그는 "아, 이 얼마나 멋진 작업이었던가! 나를 짓누르고 있던 돌덩어리를 내려놓은 것 같은, 아이를 낳은 여인이 갓 태어난 아기를 두 팔에 안고 어르는 기분이랄까!"라고 말했다.

작가는 도대체 왜 글을 쓰는 것일까? '현대의 양심'으로 일컫는 조지 오웰은 「나는 왜 쓰는가?」라는 글에서 생계를 유지하기 위한 목적을 제외하면 작가는 크게 네 가지 동기에서 작품을 쓴다고 말한다. 그가 말하는 네 가지 동기란 순전한 이기심, 심미적 열정, 역사적 충동, 정치적 목적을 말한다. 첫 번째 동기에 대하여 오웰은 "똑똑해 보이고, 사람들의 입에 오르내리며, 죽은 뒤에도 기억되고, 어린 시절에 자신을 무시한 어른들에게 보복하고 싶은 욕망"이라고 설명한다. 두 번째 동기는 "외부 세계의 아름다움이나 말의 아름다움, 말을 적절하게 배열해 놓은 데서 오는 아름다움을 깨닫는 것"이라고 풀이한다. 세 번째 동기에 대해서는 "사물을 있는 그대로 보고 진실한 사실을 발견하여 뒷날 후세가 사용할 수 있도록 보관하려는 욕망"이라고 말한다. 마지막으로 네 번째 동기에 대하여 오웰은 "이 세계를 어떤 방향으로 밀고 나갈지, 그래서 반드시 성취해야 하는 유형의 사회는 무엇인지에 대한 다른 사람들의 생각을 바꾸려는 욕망"이라고 설명한다. 그런데 이 네 가지 충동을 구분 짓기란 여간 어려운 일이 아니다. 비록 정도의 차이는 있을 망정 모든 작가는 글을 쓸 때 이 네 가지를 모두 염두에 두고 있기 때문이다.

그러나 크게 보면 작가는 두 가지 이유에서 글을 쓴다. 첫째는 자아를 표현하고 실현시키기 위해서다. 자아실현이란 인간의 전체 잠재력을 깨우기 위한 동기로 신경학자이자 정신의학자인 쿠르트 골드슈타인이 처음으로 언급한 용어다. 또한 자아실현은 에이브러햄 매슬로의 욕구 단계 이론에서 달성할 수 있는 마지막 단계의 발달 욕구이기도 하다. 이 이론에 따르면 인간의 욕구는 생리 단계에서 시작하여 안전과 소속과 존경 단계를 거쳐 마침내 자아실현 단계에 이른다. 많은 작가들은 인간의 욕구의 마지막 단계를 실현하기 위하여 글을 써 왔다.

작가가 글을 쓰는 두 번째 이유는 가슴 속에 맺힌 응어리를 풀기 위해서다. 기관지를 막고 있는 가래를 뱉어 내야 가슴이 후련하듯이, 이러한 욕구를 가진 작가들은 그들의 내면세계를 짓누르고 있는 갈등과 긴장을 원고지 위에 쏟아 놓아야 비로소 마음의 안정을 찾는다. 카잔차키스는 이 중 두 번째에 해당하는 작가다. 그가 『그리스인 조르바』의 집필을 "조르바의 죽음에 푸닥거리"를 하는 행위에 빗댈 뿐만 아니라, 마침내 집필을 마쳤을 때 그를 "짓누르고 있던 돌덩어리를 내려놓은 것 같은" 기분이 들었다고 말하는 것은 바로 그 때문이다.

6 호메로스 이후 가장 위대한 작가

니코스 카잔차키스는 호메로스 이후 그리스가 낳은 가장 위대한 작가로 평가되지만 안타깝게도 고국에서는 이렇다 할 인정을 받지 못했다. 인정을 받기는커녕 오히려 의심의 눈초리를 받곤 했다. 그를 '크레타의 탕아'라고 부르는 비평가들이 있지만 어찌 보면 '그리스의 이방인'이라고 부르는 쪽이 더 정확할 것이다. 카잔차키스는 고국과 고향에서 추방당했다고 할 수 있다. 과격하고 진보적인 사상과 무신론에 가까운 신앙 때문에 그는 늘 시대와 불화를 겪으며 살았다. 『그리스인 조르바』가 출판될 당시 그리스 동방 정교회는 대놓고 카잔차키스를 비난했다.

이 소설에 등장하는 수도승 자하리아스가 수도원에 불을 지르는 장면이나 작품 곳곳에 나오는 신성 모독적인 조르바의 말과 행동이 교회의 비위를 거슬렀기 때문이다. 그래서 그리스 정부와 교회는 늘 카잔차키스를 의심의 눈초리로 바라보았고 제재를 가하고자 했다. 그리스 정부와 교회로부터 여러 번 재판받거나 파문당할 뻔 하다가 가까스로 위기를 모면하였다. 그가 그리스 정교회에서 파문당했다고 널리 알려져 있지만 그것은 사실과는 조금 다르다. 여러 번 그런 위기를 겪은 것은 사실이지만 실제로 파문까지는 하지 못했다.

그러나 따지고 보면 작가란 어차피 '탕아'나 '이방인'의 굴레에서 벗어나기 어렵다. 작가나 예술가에게 이런 굴레는 저주가 아니라 오히려 축복일 수도 있다. 작가나 예술가는 목자를 순순히 따라가는 아흔아홉 마리 양이 아니라 무리에서 벗어나 방황하는 한 마리 양과 같은 사람이기 때문이다. 사회가 정한 규범에 순응하는 사람은 충실한 민주 시민이 될 수 있을지언정 훌륭한 작가나 예술가가 되기는 어렵다. 자유로운 영혼의 소유자가 되지 않고서는 뛰어난 작가나 예술가가 될 수 없기 때문이다.

윌리엄 포크너는 한 인터뷰에서 "작가의 유일한 책임은 자신의 작품에 대한 책임밖에는 없다."라고 잘라 말하였다. 그러면서 그는 필요하다면 자기 어머니의 물건을 강도질하거나 자신의 조국을 배신할 수도 있다고 밝혔다. 조금 과장해서 말한 혐의가 없지 않지만 포크너가 말하려는 메시지는 분명하다. 작가에게 무엇보다 중요한 것은 작품이며 그 밖의 것은 어디까지나 부차적인 것에 지나지 않는다는 말이다. 카잔차키스야말로 이런 기준에 부합하는 작가다. 카잔차키스를 평가할 때는 그의 작품만으로 평가해야지 그의 국가관이나 종교관을 문제 삼아서는 제대로 평가할 수 없다.

예술가로서 카잔차키스는 『그리스인 조르바』에서 포크너처럼 조국에 큰 의미를 두지 않는다. 작품 속에서 화자는 조르바에게 그의 조국으로부터 해방되었는지 묻는다. 그러자 조르바는 기다렸다는 듯이 "그렇소, 내 조국으로부터 해방됐소."라고 단호한 목소리로 대답한다. 그러고 난 뒤 "내 조국으로부터, 신부(神父)들로부터, 그리고 돈으로부터 해방되었소이다. 이제 체로 치는 행위는 더 이상 하지 않아. 사물을 체로 치는 행위는 이제 점점 종지부를 찍었소. 모든 일을 단순하게 생각하려 하오. 당신에게 이걸 어떻게 설명할 수 있겠소? 난 지금 나 자신을 해방시키고, 한 인간으로 거듭 태어나고 있는 중이오."라고 말을 잇는다. 그러면서 조르바는 조국 같은 것이 존재하는 한 인간은 좀처럼 짐승 신세에서 벗어나지 못할 것이라고 힘주어 말한다.

그동안 많은 비평가와 학자가 그리스의 이단아 카잔차키스와 그의 문학에 찬사를 보냈다. 토마스 만도, 알베르트 슈바이처도 그를 유럽 문학의 거인으로 높이 평가했다. 영국의 문학 비평가 콜린 윌슨은 "만약 카잔차키스가 러시아인이었다면 톨스토이나 도스토예프스키와 어깨를 나란히 했을 것이다."라고 말했다. 토마스 만은 카잔차키스를 "부드럽고 정교하면서도 강하고 극적인 힘"을 지닌, 높은 예술적 경지에 이른 작품을 쓴 작가로 평가하였다. 카잔차키스가 세계 문학사에서 차지한 위상을 고려할 때 윌슨과 만의 평가는 결코 과하지 않다. 카잔차키스가 사망한 지도 벌써 60년이 된 지금, 그를 일컬어 '20세기 문학의 구도자'라 부르는 것이 그다지 낯설지 않다.

카잔차키스가 사망한 뒤 '니코스 카잔차키스 친구 협회'라는 단체가 결성되어 현재 13개 국가에 회원을 두고 있다. 또한 그리스 정부는 그를 기념하기 위하여 이라클리오 국제공항을 '니코스 카잔차키스 공항'으로 개칭했다. 카잔차키스는 이른바 세계 수준으로 호흡하는 참다운 의미의 '글로벌 맨'이라고 할 수 있다. 카잔차키스는 서양은 물론이고 동양에도 깊은 관심을 기울였다. 특히 동양과 서양의 중간에 위치한 그리스야말로 동양의 신비주의와 서양의 합리주의, 니체의 용어를 빌리자면 디오니소스적인 것과 아폴로적인 것을 창조적으로 결합하여 제3의 새로운 가치를 만들어 낼 교량의 역할을 해야 한다고 주장하였다. 바로 이 점에서도 카잔차키스가 우리에게 주는 시사점은 무척 크다 할 것이다.

2 『그리스인 조르바』의 구상과 집필 그리고 출간

니코스 카잔차키스의 작품이 국내에 처음 알려지기 시작한 것은 1970년대 중반이다. 1981년부터 1993년까지 고려원에서 카잔차키스의 소설, 서사시, 자서전, 서간집 등 11종 14권의 선집을 출간하였다. 그러나 출판사가 1997년에 폐업하면서 이 책들은 모두 절판되고 말았다. 그 뒤 2008년에 열린책들에서 고려원의 선집에 카잔차키스의 장편소설 2종, 단편집 1종, 희곡집 2종, 여행기 6종을 보태어 전집의 형태를 갖추어 재출간하였다. 이렇게 카잔차키스 작품이 선집이나 전집의 형태로 발간된 것은 흔히 번역 왕국으로 일컫는 일본은 말할 것도 없고 서양에서도 좀처럼 찾아볼 수 없는 특이한 현상이었다. 『그리스인 조르바』로 좁혀 말하면 이 작품이 한국에 최초로 번역된 것은 1974년이다. 이 해에 언론인이요 번역가인 박석기와 독문학자 이인웅이 『희랍인 조르바』라는 제목으로 함께 번역하여 출간하였다.

그의 작품 중에서 독자들에게 가장 널리 읽히고 일반 대중에게 가장 잘 알려져 있는 작품은 뭐니 뭐니 해도 『그리스인 조르바』다. 그러나 국내에서는 이 작품을 제외하고는 그렇게 큰 관심을 받지 못하였다. 카잔차키스의 명성은 『최후의 유혹』이나 『자유인가 죽음인가』를 제외하면 역시 『그리스인 조르바』 한 권에 달려 있다고 하여도 크게 틀리지 않을 것 같다. 이러한 현상은 어느 나라보다도 독서의 편식 현상이 심한 한국에서 더욱 두드러진다.

1 최초의 스크린셀러 『그리스인 조르바』

『그리스인 조르바』가 1960년대까지 일반 독자들에게 널리 알려지지 않은 것은 비단 한국의 일만은 아니다. 영국과 미국을 비롯한 서양에서도 이 작품은 1964년에 그리스 영화감독 미할리스 카코야니스가 메가폰을 잡기까지는 일반 독자들에게는 비교적 낯선 작품이었다. 카코야니스 감독이 직접 각본을 쓰고 멕시코 출신의 영화배우 앤서니 퀸(조르바 역)과 영국 배우 앨런 베이츠(화자 역) 등을 출연시켜 영화를 만들면서 이 소설은 일반 독자들의 관심을 받기 시작하였다. 이 영화에는 퀸과 베이츠 말고도 이렌느 파파스(미망인 역), 릴라 케도바(마담 오르탕스 역), 소티리스 모우스타카스(미미토스 역) 등이 배역을 맡아 화려한 연기를 펼쳤다. 이 영화는 1965년도 여우조연, 촬영(흑백 부문), 미술(흑백 부문) 세 부문에서 아카데미상을 받았다. 이 영화가 유럽과 미국에서 상연되기 전까지는 일부 지식인들과 문학 애호가들만이 카잔차키스의 작품을 읽었다. 요즈음 '스크린셀러'라는 용어를 자주 듣지만 『그리스인 조르바』야말로 최초의 스크린셀러라고 할 만하다.

카코야니스 감독이 만든 영화 「그리스인 조르바」는 카잔차키스의 소설을 일반 독자들에게 널리 알리는 데 한몫 톡톡히 했지만 다른 한편으로는 소설을 제대로 옮기지 못했다는 평가를 받았다. 그리스 문학 연구가로 최근 이 소설을 영어로 새로 번역 출간하여 관심을 끈 피터 빈은 이 영화가 크게 세 가지 부분에서 실패했다고 지적한다. 첫째, 카잔차키스는 그리스의 상황을 긍정적으로 밝게 묘사하려고 있는데 영화에서는 오히려 부정적이고 어둡게 그렸다. 물론 컬러 대신 흑백으로 처리한 탓도 있지만 전반적으로 햇빛이 찬란하게 쏟아지는 크레타섬의 분위기에 어울리지 않게 영화는 자못 음울하다. 전체적인 섬의 분위기뿐만 아니라 마을의 골목길이며 카페 내부도 어둡고 우울하기는 마찬가지였다. 카잔차키스는 소설에서 고국 그리스와 화해를 모색했는데 카코야니스는 오히려 그리스에 대한 작가의 증오심을 표현했다는 것이다.

둘째, 카코야니스 감독은 미망인 소르멜리나의 살해 사건을 필요 이상으로 크게 부각시켰다. 카코야니스는 촬영장을 방문한 피터 빈에게 이 영화에서 가장 핵심적인 장면은 마을 사람들이 미망인을 돌로 쳐 죽이는 장면이라고 설명했다. 감독의 말대로 미망인 살해 장면이 이 영화에서 차지하는 몫은 무척 크다. 물론 이 사건이 화자와 조르바에게 엄청난 충격을 준 사건이기는 하지만 소설에서 이 장면은 영화에서처럼 비중 있게 다루어지지 않는다.

셋째, 카코야니스 감독은 소설의 구성을 무시하였다. 영화의 마지막 장면은 조르바의 '보스'인 화자가 그와 헤어지기 전날 밤이다. 둘은 함께 크레타섬 해변의 오두막에 등을 대고 앉아 술을 마시고 있다. 이때 화자는 갑자기 조르바에게 춤을 가르쳐 달라고 부탁하고, 조르바가 기꺼이 그에게 춤을 가르쳐 주면서 함께 즐겁게 춤을 추는 것으로 끝을 맺는다. 이국적인 그리스 선율에 맞추어 시르타키 춤을 추는 장면을 기억하는 사람이 많을 것이다. 그러나 이 장면은 소설의 마지막 장면이 아니다. 총 26장의 소설 중 25장의 마지막 장면일 뿐이다. 그러나 영화는 이렇게 끝나고, 26장의 내용은 아예 취급하지도 않는다.

그런데 피터 빈의 세 번째 지적은 문학 작품을 영화를 만들 때면 어쩔 수 없이 부딪히게 되는 본질적인 문제다. 근본적으로 소설 미학이 영상 미학과 문법이 다르기 때문에 빚어지는 현상이다. 실제로 훌륭한 문학 작품치고 영화화되어 성공한 경우를 찾아보기가 어렵다. 밀란 쿤데라의 소설 『참을 수 없는 존재의 가벼움』을 원작으로 한 필립 코프먼 감독의 영화를 보아도 잘 알 수 있다. 코프먼은 삶의 여러 문제를 깊이 있게 관조하는 철학적 작품을 한 편의 에로 영화로 전락시켰다. 장자크 아노 감독이 영화로 만든 움베르토 에코의 『장미의 이름』이 그나마 성공을 거두었다 할 수 있는 정도다.

2 『그리스인 조르바』에 대한 오해

니코스 카잔차키스의 『그리스인 조르바』는 한국을 비롯한 세계 여러 나라에서 널리 읽히고 있지만 방금 언급한 피터 빈의 지적대로 독자들에게 "가장 이해되지 못한 작품"이기도 하다. 이 소설은 유명한 만큼 잘못 알려진 것이 한두 가지가 아니다. 이 작품은 온갖 그릇된 정보와 실수, 오해로 얼룩져 있다. 이러한 잘못된 정보와 실수와 오해를 풀기 전에는 이 작품을 제대로 이해하기란 무척 어려울 것이다.

우선 주인공의 이름과 제목부터가 잘못 표기되었다. 주인공의 이름과 성은 '알렉시스 조르바'가 아니라 '알렉시스 조르바스(Αλέξης Ζορμπάς)'다. 본디 그의 성에는 시그마가 붙어 있지만 그리스어에서는 주격을 목적격으로 바꿀 때 시그마(ς)를 생략한다. 이 작품을 영어로 처음 번역한 칼 와일드먼은 주격을 목적격으로 착각하여 '조르바스'가 아닌 '조르바'로 옮겼던 것이다. 한편 그리스어를 모르는 와일드먼이 프랑스 번역본에서 중역했기 때문에 프랑스의 발음 방식대로 마지막 자음을 묵음으로 처리했을 가능성도 배제할 수 없다.

『그리스인 조르바』의 앞 단어 '그리스인'에서 화가 엘 그레코를 기억해 낼 사람이 적잖을 것이다. 그는 르네상스 후기 그리스에서 태어나 스페인에서 활약한 화가로 본명은 도미니코스 테오토코풀로스였지만 스페인에서는 그를 '엘 그레코(스페인어로 그리스인)'라고 불렀다. 엘 그레코도 카잔차키스처럼 크레타섬에서 태어났다는 것이 흥미롭다면 흥미롭다. 1953년에 스페인에 나온 『그리스인 조르바』의 번역본 제목은 "알렉시스 엘 그리에고"로 되어 있다.

어찌 되었든 '조르바'라는 이름으로 워낙 널리 알려져 있었기 때문에 뒷날 번역가들은 주인공 이름이 잘못 표기되었다는 사실을 알면서도 그냥 따를 수밖에 없었다. 그리스 문학 전문가인 피터 빈조차 그동안의 관행을 무시하지 못하고 "그리스인 조르바"로 옮겼다. 미국 작가 하퍼 리의 작품 『앵무새 죽이기』도 비슷한 경우다. 이 작품의 원제는 "mockingbird"인데, 이는 앵무새가 아니라 흉내지빠귀를 뜻하는 단어다. 그러나 한국에서 오랫동안 "앵무새 죽이기"로 알려져 있던 탓에 뒷날 이 소설을 새로 옮긴 번역가는 어쩔 수 없이 굳어진 제목을 따라야 했다.

『그리스인 조르바』의 제목도 마찬가지다. 1946년에 그리스에서 처음 출간된 텍스트에 따르면 "그리스인 조르바"가 아니라 "알렉시스 조르바스의 삶과 시대"로 되어 있다. 카잔차키스는 이 작품을 집필하면서 처음에는 "알렉시스 조르바스의 성인전"이라고 불렀다. 카잔차키스가 작품에서 조르바를 '위대한 영혼'이니 '미치광이'니 하지만 그를 성인으로 간주한다는 점이 흥미롭다. 전통적인 그리스 동방 정교회의 기준에서 보면 그는 성인은커녕 이단자나 이교도일 것이다. 그러나 적어도 카잔차키스가 꿈꾸던 새로운 종교에서는 성인의 반열에 올려놓아도 크게 무리가 없을 것이다. 피터 빈은 새 영어 번역본에서 "그리스인 조르바"라는 제목에 "알렉시스 조르바의 성인전"이라는 부제를 덧붙여 타협점을 찾으려고 했다.

3 『그리스인 조르바』의 집필 과정

니코스 카잔차키스는 작품 창작을 산모가 아이를 낳는 분만 행위에 빗댄 바 있다. 실제로 『그리스인 조르바』를 집필할 때 그가 겪은 고통은 참으로 컸다. 난산 중에서도 난산이라고 할 만하다. 카잔차키스가 이 소설을 집필한 것은 1941년에서 1943년 사이, 좀 더 정확히 말하자면 1941년 8월부터였다. 이시기는 2차 세계 대전이 막바지에 접어들던 무렵이었다.

1940년대 초엽은 그리스 역사에서 가장 비극적인 시기

중 하나로 여겨진다. 1940년 10월에 이탈리아의 베니토 무솔리니가 그리스 본토를 침공하지만 그리스군의 완강한 저항에 부딪쳤다. 이듬해에 그리스 군대가 이탈리아를 역공할 정도였다. 그러나 1941년 4월에 아돌프 히틀러가 무솔리니를 지원하면서 사태는 급반전하였다. 추축국의 침공으로 그리스는 수도 아테네는 말할 것도 없고 최후의 보루라고 할 크레타섬마저 함락되고 말았다. 주위에서 전쟁과 기아로 사람들이 죽어 가도 카잔차키스는 끝까지 희망의 끈을 놓지 않았다. 크레타섬이 함락되기 며칠 전 그는 아내 엘레니 사미우에게 보낸 편지에 이렇게 적었다.

어쩌면 이제 미래는 전혀 없을지도 모른다. …… (적군) 비행기들이 내 머리 위로 날아가는 것이 보이고, 지금 모든 것이 얼마나 위태로운 상황에 놓여 있는지 느낄 수 있었다. …… 그러니 '미래'의 일들을 무시해 버린 채 세상 사람들이 지금 겪고 있고 또한 우리가 어쩔 수 없이 겪고 있는 이 끔찍한 현재의 순간을 살아가도록 노력하자. 우리가 살아갈 수밖에 없는 이 시대를 위엄 있게 견디기 위해서는 인내와 사랑이 필요하다.

이렇게 암울한 상황에 내몰린 카잔차키스는 인생관과 세계관에서 큰 변화를 겪지 않을 수 없었다. 특히 그의 정치관과 철학관이 크게 달라졌다. 그는 한때 파시즘과 나치즘, 공산주의에 매력을 느낀 적이 있었다. 물론 프리드리히 니체의 영향을 받은 탓도 있다. 니체가 건강한 개인이 권력 의지를 행사해야 한다고 주장했듯, 카잔차키스는 건강한 민족이 권력 의지를 행사해야 한다고 생각했다. 그가 파시즘과 나치즘, 국제 공산주의에 매력을 느낀 것은 민족주의에 대한 회의와 실망에서 비롯했다고 볼 수 있다. 그러나 이탈리아와 독일의 침공을 목도하면서 카잔차키스는 파시즘과 나치즘에 대한 생각을 바꿀 수밖에 없었다.

더구나 추축국의 점령 아래에 있던 1941년 겨울은 그리스인들에게 그야말로 혹독한 시련의 시기였다. 기근이 닥치면서 식량 부족으로 무려 50만여 명이 사망하였다. 카잔차키스가 머물던 아이이아섬도 예외가 아니어서 아내 엘레니가 들판에서 뜯어 오는 초근목피와 근처 감옥에서 얻어 오는 남은 음식으로 가까스로 생계를 유지할 수 있었다. 그의 아내에 따르면 이 무렵의 카잔차키스는 체력을 낭비하지 않기 위하여 침대에 가만히 누워서 지냈다고 한다. 그러나 그는 아내에게 미소를 지으면서 "배고픔을 달래기 위해" 『그리스인 조르바』를 쓰고 있다고 말했다. 세계 문학사를 샅샅이 뒤져 보아도 기아를 극복하려고 작품을 썼다는 작가를 찾아보기란 쉽지 않을 것이다. 뒷날 엘레니는 "가장 암울한 기아의 시기에 니코스는 『그리스인 조르바』라는 가장 유쾌한 작품을 썼다."라고 회고하였다.

이 무렵 카잔차키스는 『그리스인 조르바』뿐만 아니라 그동안 집필하고 있던 희곡 『붓다』를 다시 고쳤고, 호메로스의 서사시 『일리아스』를 현대 그리스어로 번역하고 아이스킬로스의 비극 『프로메테우스』 3부작을 새롭게 쓰는 등 그야말로 지칠 줄 모르고 집필에 매달렸다. 아무리 물질적으로 풍요로운 상태에 놓여 있었더라도 이렇게 정열적으로 창작에 몰두하기란 어려울 것이다. 그러나 궁핍한 시대에 카잔차키스는 작가로서의 소명을 더욱더 절감하였다. 카잔차키스의 행보를 보면 "육신이 흐느적흐느적하도록 피로했을 때만 정신이 은화처럼 맑소."라는 이상(李箱)의 「날개」첫 구절이 수긍될 지경이다.

카잔차키스가 『그리스인 조르바』의 두 번째 수정본을 완성한 것은 1943년 5월이었다. 이 작품의 초고를 쓰는 데 걸린 시간은 45일로 짧았지만 수정하고 보완하는 데는 많은 시간을 들였다. 그는 수정과 보완을 거듭한 끝에 마침내 1943년 8월에 최종 원고를 완성했다. 오노레 드 발자크 같은 작가는 일단 원고지에 작품을 쓰고 나면 두 번 다시 고치는 일이 없었다고 한다. 물론 빚을 갚기 위하여 계속 작품을 써야 했던 발자크로서는 한 작품이라도 더 써야지, 이미 쓴 작품을 시간을 들여 수정한다는 것은 어리석은 일이었을 것이다.

그러나 카잔차키스는 아무리 소품이라도 심혈을 기울여 고쳐 쓰고 또 고쳐 썼다. 1943년 8월에 최종 원고를 완성했지만 이 작품이 출간되는 데는 다시 몇 년을 더 기다려야 했다. 마침내 1946년 6월, 아테네에 본사를 둔 디미트리오스 디미트라코스 출판사가 이 작품을 출간했다. 그리스어가 아닌 외국어로 번역되어 출간된 것은 그 이듬해 파리에서 출간된 프랑스어 번역본이 처음이다. 그 뒤를 이어 영국과 미국, 스웨덴, 체코슬로바키아 등에서 잇달아 번역되어 나왔고 지금은 무려 50여 나라 언어로 번역되어 널리 읽히고 있다.

4 자전적 소설로서의 『그리스인 조르바』

문학은 다른 유기체와 마찬가지로 진공 속에서는 결코 태어날 수 없다. 구체적인 역사적 시간과 사회적 공간 속에서 자양분을 받고 태어나게 마련이다. 작가에 따라 정도의 차이는 있겠지만 모든 문학 작품에는 작가가 살아온 고단한 삶의 궤적이 새겨져 있다. 니코스 카잔차키스의 작품이 흔히 그러하듯이 『그리스인 조르바』 역시 자전적인 성격이 강한 작품이다. 이 작품은 고대 생물을 품은 화석처럼 카잔차키스 삶의 궤적을 고스란히 간직하고 있다. 그러나 카잔차키스는 실제 인물과 역사적 사실에 바탕을 두고 쓰되 어디까지나 문학적 상상력에 따라 상황에 맞게 이야기를 자유자재로 변형시켰다. 다시 말해서 그의 경험은 소설적 변용 과정을 거쳐 작품으로 태어났던 것이다.

앞 장에서 밝혔듯이 1차 세계 대전이 한창이던 1914년에 카잔차키스는 아토스산의 벌목을 위해 테살로니카를 여행한 적이 있다. 이때 그는 할키디키에서 요르기오스 조르바스라는 인물을 만났다. 뒷날 조르바의 모델이 된 조르바스는 1867년에 카타피기에서 부유한 농부의 아들로 태어나 젊은 시절 한때 벌목꾼으로 일했다. 그러던 중 벌목 감독관의 딸과 사랑에 빠진 그는 감독관의 눈을 피하여 도망쳐 그녀와 결혼하였다. 무려 자식 여덟 명을 낳아 행복하게 살던 중 1차 세계 대전이 일어나는 바람에 사랑하는 아내를 먼저 떠나보내는 슬픔을 맛보아야 했다. 이러한 슬픔을 달래기 위하여 조르바스는 1914년에 수도사가 되려고 아토스산에 들어가게 되는데 바로 그곳에서 우연히 카잔차키스를 만났다. 두 사람은 만나자마자 곧바로 친한 사이가 되었다.

1차 세계 대전이 막바지에 접어들던 1916년과 1917년에는 그리스에 갈탄이 부족하여 에너지 공급에 큰 차질이 빚어졌다. 그러자 카잔차키스는 펠로폰네소스 반도 남부 마니의 프라스토바에서 갈탄 채취 사업을 벌였다. 두말할 나위 없이 개인의 이익보다는 궁핍한 국가 살림을 돕기 위한 시도였다. 이 사업에는 그리스 여행을 같이한 시인 안젤로스 시켈리아노스와 첫 번째 아내 갈라테아 알렉시우를 비롯한 몇몇 지식인들이 함께 참여했다.

　　이때 카잔차키스는 아토스산에서 만난 요르기오스 조르바스를 갈탄 광산 노동자 감독관으로 고용했다. 그러나 『그리스인 조르바』에서처럼 갈탄 광산 개발은 결국 물거품으로 끝나고 말았다. 갈탄 광산 사업이 실패하자 카잔차키스와 조르바스는 어느 날 새벽에 헤어졌다. "파우스트처럼 병적으로 지식을 갈구하던" 카잔차키스는 또다시 외국으로 떠났고, 조르바스는 북쪽으로 가서 세르비아의 스코피아 근처에 정착했는데, 그곳에서 탄산마그네슘 광맥을 찾아내어 광산 일에 매달렸다. 어느 날 베를린에 머물던 카잔차키스는 조르바스에게 전보를 받았다. 전보에는 "최고로 아름다운 녹암(綠岩)을 발견했음. 속히 오기 바람."이라는 내용이 적혀 있었다. 물론 카잔차키스는 세르비아로 조르바스를 찾아갈 수 없었기에 그에게 편지를 보냈고 곧 답장을 받았다. 조르바스와 연락을 주고받은 지 2년이 지난 어느 날 그가 갑자기 카잔차키스의 꿈속에 나타났다. 그러자 이제 일흔이 넘은 조르바스가 어쩌면 죽음에 직면해 있을지도 모른다는 생각이 카잔차키스를 스쳐 갔다. 그래서 카잔차키스는 조르바스의 말과 행동을 재구성하여 기록하기 시작했다. 카잔차키스는 이 작품의 프롤로그에서 "마치 죽음, 그의 죽음에 푸닥거리를 하고 싶었던 것처럼" 절박함에 사로잡혀 있었다고 말한다. 그러면서 지금 그가 쓰

고 있는 작품은 소설이라기보다는 차라리 추도사에 가깝다고
밝힌다.

카잔차키스는 조르바스에 관한 기억을 되살려 그것에 질
서를 부여하면서 "알렉시스 조르바스의 성인전"을 집필하기
시작했다. 다행히 카잔차키스는 조르바스에 대한 기억을 또
렷이 되살릴 수 있었다. 그는 "아무리 사소한 사건이라도 조
르바스와 관련된 것이라면 바로 이 순간 내 정신에서 찬란하
게 빛을 내뿜으며 마치 투명한 여름 바닷속의 다양한 색깔의
물고기처럼 빠르게 움직이고 있었다."라고 말하였다. 그러면
서 "조르바스의 손끝에 닿은 것이라면 뭣이든 불멸의 것이 된
것 같았다."라고 회고하였다. 그만큼 조르바스는 카잔차키스
에게 쉽게 지울 수 없는 깊은 흔적을 남긴 인물이었다.

카잔차키스는 자신의 영혼에 깊은 흔적을 남긴 인물로 프
리드리히 니체, 앙리 베르그송, 호메로스, 요르기오스 조르바
스 네 사람을 들었다. 동시대인으로는 조르바스가 유일하다.
조르바스는 철학자나 문학가로 세계적으로 이름을 크게 떨친
나머지 세 사람과 비교하면 크레타섬 해변의 오두막처럼 초
라하기 그지없다. 그러나 카잔차키스는 조르바스를 두고 "자
신에게 삶을 사랑하고 죽음을 두려워하지 않도록 가르쳐 준"
사람이라고 말한다. 카잔차키스는 조르바스를 주인공으로 삼
아 『그리스인 조르바』를 집필하던 무렵을 이렇게 회상했다.

어느 날 나는 에게해 바닷가 우리 집 옥상에 앉아 있었다. 정오
쯤으로 햇살이 폭포처럼 쏟아져 내렸다. 나는 앞에 보이는 살라미
스섬의 민둥민둥한 옆구리를 바라보고 있었다. 갑자기 나도 모르
게 종이 한 장을 집어 옥상의 뜨겁게 달아오른 판석 위에 펼쳐 놓고

성인 같은 이 조르바의 삶을 기록하기 시작했다.

　나는 조르바를 통째로 기억해 내고 보존함으로써 과거를 다시 살려내면서 미친 듯이 열심히 써 내려갔다. 만약 그가 사라지면 그것은 전적으로 내 잘못이라는 생각이 들었다. 밤과 낮으로 나는 이 옛 친구의 이목구비를 — 내 '정신적 아버지'의 모습을 있는 그대로 고착시키려 했다.

　앞에서 언급했듯이 카잔차키스는 불과 몇 주 만에 "조르바스의 성인전"의 초고를 완성했다. 이렇게 빠른 시일 안에 소설을 집필할 수 있었던 것은 조르바스라는 인물이 그에게 아주 각별한 의미가 있었기 때문이다. 이 작품의 집필과 관련하여 그는 "나는 꿈에 본 조상의 모습을 동굴에 생생하게 그려 놓으면 조상들의 혼령이 자기 몸인 줄 알고 그 그림 속으로 들어간다고 믿던 아프리카 야만족의 마술사처럼 그렇게 작업했다."라고 밝힌다. 카잔차키스와 조르바스가 영혼의 동반자와 다름없었다는 사실을 다시 한번 확인할 수 있는 대목이다.

　사실 1941년에 조르바스는 스코피아에서 사망할 때까지 이 소설의 배경인 크레타섬을 방문한 적이 한 번도 없었다. 카잔차키스가 창작 의도에 따라 아토스산의 할키디키와 펠로폰네소스의 프라스토바에서 있었던 사건을 크레타섬으로 옮겨 놓았을 뿐이다. 만약 카잔차키스가 이 무렵 조르바스를 만나지 못했더라면 그는 『그리스인 조르바』를 쓰지 못했을지도 모른다. 비록 썼다고 해도 지금 우리가 읽는 작품과는 아주 다른 작품을 썼을 것이다.

　카잔차키스는 『그리스인 조르바』를 집필할 때 요르기오스 조르바스 말고도 또 다른 실제 인물을 모델로 삼아 캐릭터를 만들었다. 조르바의 애인으로 등장하는 프랑스 여성 마담 오르탕스가 바로 그 인물이다. 마담 오르탕스는 아들렌 귀타르라는 프랑스 여성을 모델로 창안한 인물이다. 1863년에 튈렌에서 태어난 귀타르는 만년에 크레타섬에서 호텔을 경영하다가 이곳에서 사망하였다. 그러나 이 점을 제외하고는 귀타르와 마담 오르탕스 사이에는 공통점이 없다. 유럽 도시의 카페를 전전하며 노래를 부르고 기회가 있을 때마다 몸을 판 마담 오르탕스와는 달리, 귀타르는 젊은 시절에 모자를 만드는 일에 종사하였다. 만년에 귀타르는 크레타의 남동부 해안 이에라페트라에 정착하여 '프랑스'라는 이름의 조그마한 호텔을 경영하다가 1938년에 일흔다섯 살의 나이로 사망했다. 그녀는 그리스 정교회의 독실한 신자로 도움이 필요한 주민들에게 여러모로 봉사한 것으로 유명하다. 크레타섬을 한 번도 방문한 적이 없는 조르바스(조르바)는 아들렌 귀타르(마담 오르탕스)를 만나 사랑할 수 없었을 것이다.

카잔차키스가 『그리스인 조르바』를 집필하면서 영향을 받은 실제 인물 중에는 야니스 스타브리다키스라는 인물도 있다. 카잔차키스는 독일에서 유학할 때 그를 만나 우정을 쌓았다. 스타브리다키스는 취리히 주재 그리스 영사로 근무했고, 카잔차키스는 1917년 9월에 스위스를 방문하여 그의 집에서 묶으며 프리드리히 니체와 관련한 유적지를 여행한 적이 있다. 스타브리다키스는 영사직을 그만둔 뒤에 카잔차키스와 함께 캅카스에서 볼셰비키와 쿠르드족에게 학대받는 그리스 난민을 구출하는 작업에 참여하기도 했다. 두 사람의 관계는 매우 각별했다.

스타브리다키스는 『그리스인 조르바』의 첫 장면과 마지

막 장면에 등장하여 화자의 삶에 직간접적으로 큰 영향을 끼친다. 크레타섬으로 떠나기 위하여 피레아스 항구의 한 카페에 앉아 증기선을 기다리는 동안 화자는 문득 이 항구에서 작별한 한 친구를 생각한다. 폭풍우가 잠잠해지기를 기다리는 거무스름한 증기선과 휘몰아치는 폭풍우를 바라보고 있자니 슬픔이 조금씩 고개를 쳐들며 여러 기억이 되살아난다. "내 사랑하는 친구의 모습이 축축한 대기 속에서 비와 그를 보고 싶은 간절한 마음이 뒤섞여 또렷한 형체를 갖추었다. 나는 그 친구에게 작별 인사를 하려 바로 이 항구에 왔던 것이다."라고 말한다.

여기서 화자가 말하는 '내 사랑하는 친구'가 바로 스타브리다키스다. 사색보다는 행동, 이론보다는 실천에 무게를 싣는 친구는 "얼마나 더 오랫동안 종이 나부랭이나 씹어 대고 먹물을 머리에 뒤집어쓰고 살 텐가? 나랑 같이 가세. 지금 캅카스엔 수천만 동포가 위험에 처해 있지 않나. 나랑 함께 가서 그들을 구하세."라고 말하며 화자를 설득한다. 실제로 한낱 창백한 지식인에 지나지 않는 화자가 크레타섬에서 갈탄 채취 사업을 시작해 보기로 결심하는 데는 스타브리다키스의 이 말이 큰 몫을 하였다. 스타브리다키스는 작품 한중간에 화자에게 장문의 편지를 보내고, 작품이 끝나는 장면에서 화자는 그가 급성 폐렴으로 사망했다는 전보를 받는다.

5 액자 소설 형식과 자기 반영성

자칫 놓치기 쉽지만 니코스 카잔차키스는 『그리스인 조

르바』를 액자 소설 형식으로 썼다. 액자 소설이란 마치 액자가 그림을 둘러서 꾸며 주듯이 큰 이야기 속에 작은 이야기가 포함되어 있는 소설 기법을 말한다. 액자 구조에서는 흔히 외부 스토리가 내부 스토리로 흘러들어 가다가 내부 스토리가 끝나면 다시 외부 스토리로 돌아온다. 바깥쪽에 위치한 외부 스토리는 1인칭 관점, 내부 스토리는 3인칭 관점으로 기술하는 것이 보통이다. 액자가 그 안에 들어 있는 그림을 돋보이게 하듯이 액자 소설 구조는 외부 스토리가 내부 스토리를 좀 더 사실적으로 보이게 하는 효과가 있다. 액자 구조는 비단 소설뿐 아니라 희곡이나 영화, 텔레비전 드라마, 음악, 심지어는 철학에서도 사용된다.

이 장(章) 첫머리에서 카코야니스 감독이 만든 영화 「그리스인 조르바」를 잠깐 언급했지만 이 영화에서는 액자 소설 형식을 완전히 무시하였다. 그래서 조르바와 화자가 해변에서 덩실덩실 춤을 추는 영화의 마지막 장면을 생생하게 기억하는 독자들은 소설도 이 장면에서 끝나는 것으로 착각하기 쉽다. 그러나 이 소설에는 장이 하나 더 있다. "이제 모든 것이 끝났다. 조르바는 케이블, 연장, 운반용 손수레, 쇠붙이 나부랭이, 목재를 해변에 쌓아 놓고, 카이크 범선이 실어 갈 수 있도록 기다리고 있었다."라는 문장으로 시작하는 26장이 바로 그것이다.

이 마지막 장은 "내가 그 사람을 처음 만난 것은 항구 도시 피레아스에서였다. 그때 나는 크레타섬으로 가는 배를 타려고 항구에 내려가 있었다."라는 문장으로 시작하는 1장과 함께 이 작품에서 액자 구실을 한다. 그러니까 1장과 26장이 액자 구실을 하고, 2장에서 25장에 이르는 이야기가 액자 안에 들어 있는 그림 역할을 하는 셈이다. 피터 빈은 이 소설의 처음과 끝은 영적인 것(화자)으로 구성되어 있고, 중간은 물질적인 것(조르바)으로 구성되어 있다고 지적한다. 그러나 영성과 물질성은 작품 전편에서 찾아볼 수 있기 때문에 그의 주장이 그렇게 설득력 있어 보이지 않는다. 다만 이 작품을 액자 구조를 파악한 점은 지극히 옳다.

카잔차키스는 마지막 장에 1장에 언급한 인물들을 다시 한번 언급함으로써 작품 전체에 통일성을 부여한다. 조르바는 말할 것도 없고 화자의 절친한 친구인 스타브리다키스도 다시 등장한다. 화자는 "또 다른 그림자, 크레타섬에서 조르바와 함께 지내는 동안 내게 드리워진 그 친구의 그림자는 내 영혼에 그늘을 드리우며 떠나려 하지 않았다."라고 말한다. 여기서 '그 친구'란 바로 1장에서 화자에게 "얼마나 더 오랫동안 종이 나부랭이나 씹어 대고 먹물을 머리에 뒤집어쓰고 살 텐가?"라고 다그치면서 함께 캅카스에서 고통 받고 있는 동포를 구출하자고 부탁하던 스타브리다키스다. 조르바와 마찬가지로 스타브리다키스도 마지막 장에서 사망하는 것으로 언급된다.

카잔차키스는 『그리스인 조르바』에서 액자 소설 형식을 사용하되 조금 변형하여 사용했다. 그는 단순히 중심적인 이야기(액자 안의 그림)를 작품 첫머리와 끝 부분(액자)이 감싸는 형식에서 벗어나 화자의 역할에 좀 더 무게를 실었다. 다시 말해서 화자는 작품 첫 장면과 끝 장면에서 소설을 창작하는 과정 자체에 주목한다. 화자는 첫 장면에서 산투리를 들고 있는 조르바와 처음 만난 것처럼 마지막 장면에서 그와 영원히 헤어진다. 두 사람이 함께 술을 나누어 마시고 조르바가 산

투리를 연주하며 노래를 부르는 모습은 '최후의 만찬'을 연상
케 한다. 노래를 마친 조르바는 자리에서 일어나 해변의 조약
돌이 있는 곳으로 성큼성큼 걸어가면서 두 번 다시 뒤를 돌아
보지 않는다. 화자는 "바닷물 찰랑거리는 곳에 이르자 어둠이
그를 삼켜 버렸다. 그 뒤로 나는 조르바를 두 번 다시 보지 못
했다."라고 적는다. 그날 새벽닭이 울기도 전에 노새꾼이 찾
아왔고, 화자는 노새를 타고 크레타 남쪽 해변을 떠나 이라클
리오에 잠시 머물다 다시 외국으로 떠난다. 작품에는 막연히
'외국'으로 나와 있지만 카잔차키스가 요르기오스 조르바스
와 헤어지고 난 뒤 간 곳은 스위스였다.

　　화자는 이렇게 두 사람이 헤어진 지 5년이라는 세월이 흘
렀다고 적는다. "길고 긴 공포의 5년 동안 지리적인 경계는 춤
을 추었고, 시간은 가속도가 붙어 지나갔으며, 국가와 국가들
은 아코디언처럼 늘어났다 줄어들었다 했다."라고 말한다. 두
말할 나위 없이 2차 세계 대전을 언급하는 대목이다. 5년 동
안 전쟁의 폭풍이 유럽 여러 나라를 한바탕 휩쓸고 지나가 버
렸다. 그로부터 2년의 세월이 또 흐르고, 어느 날 조르바는 화
자의 꿈속에 나타난다. 그러자 화자에게 "우리 둘이 크레타
해변에서 함께 보낸 삶을 다시 긁어모으고 두서없이 나눈 대
화, 외침, 몸짓, 웃음, 울음, 조르바의 춤, 이런 모든 것을 한데
모아 보존해 두고 싶은 강렬한 욕망"이 주체할 수 없이 솟구
친다. 그래서 화자는 암울하고 궁핍한 상황에서 조르바를 떠
올리며 그의 삶을 기록하기 시작한다.

　　나는 조르바를 통째로 기억해 내고 보존함으로써 과거를 다시
살려 내면서 미친 듯이 열심히 써 내려갔다. 만약 그가 사라지면 그

것은 전적으로 내 잘못이라는 생각이 들었다. 밤과 낮으로 나는 이 옛 친구의 이목구비를 — 내 '정신적 아버지'의 모습을 있는 그대로 고착시키려 했다.

위 인용문에서 "미친 듯이"라는 말과 "정신적 아버지"라는 말을 눈여겨보아야 한다. 2차 세계 대전 중 이탈리아군과 독일군에게 점령당해 지배받던 시절 화자 또는 카잔차키스는 그야말로 광기에 사로잡힌 듯이 이 작품을 써 내려갔다. 플라톤은 일찍이 시인을 비롯한 문학가를 미치광이에, 예술 창작 행위를 광기에 빗댄 적이 있거니와, 화자는 무엇에 사로잡혀 있는 듯이 작품을 썼다. 화자는 만약 조르바의 모습을 제대로 그리지 못하면 그 책임은 자신에게 있다고 생각했다. 이 소설을 집필할 때의 카잔차키스는 무엇보다도 작가로서의 사명감을 깊이 깨닫고 있었다는 말이다. 또한 화자는 조르바를 "정신적 아버지"라고 부른다. 그의 육체적 아버지는 화자가 신분을 밝히지 않은 영국인이지만 그의 정신적 아버지는 어디까지나 조르바다. 전자가 화자에게 피와 살을 주어 이 세상에 태어나게 했다면 후자는 그를 정신적으로 성숙하도록 만드는 데 크게 이바지했다.

또한 "써 내려갔다."라는 구절에서도 볼 수 있듯이 카잔차키스는 이 소설에서 화자가 작품을 쓰는 행위를 강조한다. 옷을 지을 때 솔기가 보이지 않게 짓듯이 고전 미학에서는 예술 작품을 창작할 때 되도록 그 과정을 보여 주려 하지 않았다. 그래야만 독자가 현실에서 실제로 일어난 사건을 감상하고 있다는 환상을 품을 수 있기 때문이다. 그러나 2차 세계 대전 이후 포스트모더니즘 계열에 속하는 일부 예술가들은 작품의 솔기를 보여 주지 못하여 안달한다. 자기 반영성(自己反映性)이라고 부르는 기법이 바로 그것이다. 이러한 기법을 사용하는 소설을 흔히 '소설의 소설' 또는 '소설에 관한 소설'이라고 부른다.

적어도 독자들에게 창작 행위를 드러내 보여 준다는 점에서 『그리스인 조르바』는 포스트모더니즘 계열의 작품으로 간주하여도 크게 틀리지 않다. 지금 독자들이 읽고 있는 작품은 카잔차키스가 요르기오스 조르바스를, 또는 화자가 알렉시스 조르바의 행적을 기억해 쓴 것이다. 이 작품을 끝까지 모두 읽고 나서야 비로소 독자들은 이 책이 현실 세계를 그대로 옮겨 놓은 것이 아니라 작가가 문학적 상상력을 한껏 발휘하여 만들어 낸 허구적이고 언어적인 산물이라는 사실을 깨닫게 된다. 이 점에서는 콜롬비아 작가 가브리엘 가르시아 마르케스의 『백 년의 고독』이 카잔차키스의 작품과 아주 비슷하다. 이 소설의 끝 장면에서 아우렐리아노 바빌로니아는 집시 멜키아데스가 쓴 양피지의 내용을 해독한다. 그런데 양피지의 내용이 곧 지금 독자들이 읽고 있던 부엔디아 가문에 관한 복잡한 이야기인 것이다.

움베르토 에코의 『장미의 이름』도 이와 비슷하다. 중세 수도원에서 일어난 일련의 살인 사건을 중심 플롯으로 다루는 이 소설은 서문과 노트를 제외하면 전체가 멜크 수도원의 늙은 수사 아드소가 쓴 수기다. 죽음을 앞둔 아드소는 수도원의 독방에서 자신이 젊은 시절 프란치스코회의 박식한 수사, 배스커빌 출신의 윌리엄의 필사 서기 겸 시종으로 베네딕토 수도원에 머물면서 목격한 사건을 회상하여 기록한다. 아드소는 작품의 처음과 끝에 다시 등장하여 액자 역할을 맡는다.

여기서 『그리스인 조르바』의 1인칭 화자 '보스'의 역할을 좀 더 눈여겨보아야 한다. 1인칭 화자는 크게 세 가지 유형으로 나눌 수 있다. 첫 번째 유형에서 1인칭 화자 '나'는 오직 독자들에게 스토리를 전달해 주는 역할을 맡을 뿐 사건에는 전혀 관여하지 않는다. 에밀리 브론테의 『폭풍의 언덕』이나 조지프 콘래드의 『암흑의 핵심』 같은 소설의 화자가 이 유형에 속한다. 1인칭 화자의 두 번째 유형은 독자들에게 스토리를 전달해 주는 화자의 역할을 하면서 동시에 작중 인물의 자격으로 이야기에 직접 참여한다. 이 유형의 화자를 흔히 '참여적 1인칭 화자'라고 부른다. F. 스콧 피츠제럴드의 『위대한 개츠비』의 화자가 이러한 유형의 대표로 꼽힌다. 세 번째 유형에서는 1인칭 화자 '나'가 곧 주인공으로 자신의 경험을 독자들에게 전달해 주는 역할을 한다. 어니스트 헤밍웨이의 『무기여 잘 있어라』는 이 유형을 보여 주는 가장 대표적인 작품이라고 할 만하다.

카잔차키스는 『그리스인 조르바』에서 세 번째 유형의 1인칭 화자를 효과적으로 구사한다. '나' 또는 '보스'로 일컫는 1인칭 화자는 크레타섬에서 조르바와 함께 지내면서 겪은 자신의 경험을 직접 독자들에게 전달해 준다. 화자가 곧 주인공이요, 주인공이 곧 화자라고 할 수 있다. 『그리스인 조르바』에서 화자 '나'의 역할은 『위대한 개츠비』의 1인칭 화자 닉 캐러웨이가 맡은 역할보다 훨씬 더 중요하다. 그러므로 제목에 등장하는 '조르바'라는 말에 지나치게 얽매일 필요가 없다. 어떤 의미에서 조르바는 화자 '나'가 영혼의 눈을 뜨는 데 촉매 역할을 할 뿐이다.

6 피카레스크 소설로서의 『그리스인 조르바』

니코스 카잔차키스의 『그리스인 조르바』는 장르적 측면에서 보면 피카레스크 소설의 전통 안에 있다. 피카레스크(picaresque)란 악당이나 건달을 뜻하는 스페인어 '피카로(picaro)'에서 온 말이다. 피카로는 비천한 집안에서 가난하게 태어나 의지할 곳도 의탁할 사람도 없이 노상에서 떠돌며 온갖 일탈과 기행을 일삼는 인물을 말한다. 이들은 비록 사회적 관습이나 규범에서 벗어나 악한 짓을 하지만 범법자인 악당보다는 차라리 사회적 약자인 부랑아나 건달에 가깝다. 피카로를 주인공으로 삼는 '피카레스크' 소설은 16세기에서 17세기 초반에 걸쳐 스페인에서 유행한 뒤 점차 유럽 여러 나라와 미국으로 퍼져 나갔다.

피카레스크 소설은 흔히 1인칭 화자가 등장하여 자신이 노상이나 해상에서 겪은 경험을 독자들에게 직접 고백하는 형식을 취한다. 이 유형의 소설은 흔히 잘 짜인 플롯에 의존하기보다는 에피소드를 느슨하게 모아 놓은 듯한 구성 방법을 사용하는 것이 보통이다. 『그리스인 조르바』가 미국에서 처음 번역되어 출간되었을 때 미국의 시사 주간지 《타임》에서 서평자가 "플롯이 거의 없다시피 하지만 그렇다고 포인트가 없는 것은 아니다."라고 평한 까닭은 바로 그 때문이다. 피카레스크 소설의 주인공인 화자는 이곳저곳을 돌아다니면서 사회의 부조리나 부패를 목격하고 그것을 솔직하게 서술함으로써 사회를 비판하는 풍자적 효과를 내기도 한다.

피카레스크 소설은 주인공이 방랑이나 여행에서 온갖 시련과 고통을 겪으며 정신적으로 성장한다는 점에서 빌둥스로

만(성장 소설)과 깊이 관련되어 있다. 주인공은 사회의 구성원으로 제대로 대접받지 못한 채 사회의 울타리 밖에서 주변적이거나 반사회적 인물로 살아가고 있지만, 작품이 진행하면서 점차 사회 안으로 편입하려고 노력한다. 다시 말해서 자신의 행동을 반성하거나 실수나 과오를 뉘우치며 사회의 구성원이 되려고 한다. 이 점에서 피카로는 역동적인 성격의 캐릭터라고 할 수 있다.

그러나 『그리스인 조르바』는 전통적인 피카레스크 소설과 빌둥스로만 장르에서 조금 벗어난다. 무엇보다도 카잔차키스는 이 작품에서 피카로와 화자를 서로 엄격히 구분 짓는다. 이 소설에서 피카로에 해당하는 인물은 1인칭 화자가 아니라 알렉시스 조르바다. 나이가 예순다섯쯤 되는 조르바는 일정한 주거지 없이 이곳저곳을 떠돌며 온갖 기행을 일삼는다. 조국 그리스를 위한다는 명목으로 산적 패에 가담하여 불가리아인들을 마구 죽이고, 터키와의 전투에서는 남녀노소와 성직자를 가리지 않고 잔인하게 살해한 이야기를 자랑스럽게 늘어놓는다.

결혼 문제만 해도 그렇다. 화자가 조르바에게 결혼을 몇 번 했느냐고 묻자 그는 "정직하게는 한 번, 반쯤 정직하게는 두 번, 거짓말 보태서는 천 번, 이천 번, 아니 삼천 번쯤 했겠지.— 장부에다 적어 놓지 않았으니 알 턱이 있어야지."라고 익살스럽게 대답한다. "정직한 결혼은 멋대가리가 없어요. 후추를 치지 않은 음식 같다고나 할까."라고 말하면서 "제일 맛있는 고기는 훔친 고기다."라는 고향 마케도니아의 격언을 들려주기도 한다. 조르바는 어느 마을에 가건 제일 먼저 그곳에 과부가 살고 있는지부터 묻는다. 조르바는 F. 스콧 피츠제럴

드의 작중 인물 벤저민 버튼처럼 나이를 거꾸로 먹는 인물이
다. 아무리 나이를 먹어도 그의 여성 편력은 멈출 줄을 모른
다. 조르바는 화자에게 "이제 내 나이 예순다섯인데 내 생각
에는 말이지, 난 한 백 살쯤 된대도 철이 안 들 것 같소. 난 그
때도 여전히 주머니에 작은 손거울을 넣고 다니면서 암컷들
뒤꽁무니나 쫓아다니고 있을 거요."라고 말한다. 그러면서 그
는 화자에게 예순다섯 나이에도 세상이 좁게만 느껴진다고
고백한다.

   이 소설에서 정신적으로 성장하는 인물은 피카로의 역할
을 맡은 조르바가 아니라 그를 고용한 '보스'이자 화자다. 조
르바가 '보스'라고 부르는 화자는 갈탄 광산 근처 해변에서
오두막을 짓고 일곱 달 남짓 같이 살면서 조르바로부터 삶에
대한 소중한 인생 교훈을 배운다. 이 점에서 화자에게 갈탄 채
취는 자못 상징적 의미가 있다. 조르바가 갈탄을 채취하려고
크레타섬의 산에 갱도를 뚫는다면, 화자는 "정신의 거대한 갱
도를 뚫는" 데 관심이 있다. 조르바에게 고백하듯이 화자에게
갈탄 사업은 어찌 보면 한낱 마을 사람들의 눈을 속이기 위한
구실에 지나지 않는지도 모른다. 창백한 지식인이요 작가인
화자는 그동안 책에 파묻혀 살던 관념적인 생활에서 잠시 벗
어나 구체적인 일상생활의 여울 속에 뛰어들고 싶었다. 이 과
정에서 화자는 '뱃사람 신드바드'라고 부르는 알렉시스 조르
바를 만나고, 조르바는 화자가 새로운 인물로 태어나는 데 산
파 역할을 맡는다.

7 빌둥스로만으로서의 『그리스인 조르바』

전통적인 빌둥스로만에서 주인공은 나이가 어린 소년이
거나 소녀일 경우가 많다. 요한 볼프강 폰 괴테의 빌헬름 마이
스터가 그러하고, 마크 트웨인의 허클베리 핀이 그러하다. 그
러나 『그리스인 조르바』의 화자는 전통적인 피카로로 간주하
는 데는 얼핏 적잖이 무리가 있어 보일지 모른다. 그는 작가이
자 지식인이요, 비교적 순탄하게 풍요로운 삶을 살아온 중산
층 장년이다. 물론 놀리려고 그러는 것이지만 조르바는 화자
를 '석학'이니 '전하'니 하고 부른다. 한 장면에서 조르바는 화
자에게 "내가 보기엔, 보스 양반은 굶어 본 적도, 사람을 죽여
본 적도, 남의 물건을 훔쳐 본 적도, 간통을 범해 본 적도 없어
보이는데 말이오. 그래서야 어찌 세상 돌아가는 꼴을 알겠소?
이마에 아직 피도 마르지 않은 머리통에다 온몸으로 산전수
전 겪어 보지 못했으니."라고 비아냥거린다. 이 말을 듣자 화
자는 조르바의 말이 그다지 틀리지 않았다고 생각한다. 그러
면서 "나는 흙 한번 묻혀 본 적 없는 가냘픈 손과 창백한 얼굴,
세상 경험이 없는 내 삶이 부끄러웠다."라고 고백한다.

이렇듯 빌둥스로만에서는 정신적 성장을 다루기 때문에
여기서 중요한 것은 생물학적 나이가 아니라 어디까지나 정
신적 나이다. 조르바의 말대로 화자는 "이마에 피도 마르지
않은" 풋내기와 다름없다. 조르바의 나이가 예순다섯 살이고
화자의 나이는 서른다섯 살이다. 그런데 서른다섯이라는 나
이는 자못 상징적이다. 화자가 삶의 나침판으로 삼고 즐겨 읽
는 단테 알리기에리는 『신곡』의 「지옥편」 첫머리에서 "인생
의 절반을 보낸 나는 올바른 길을 잃고/ 홀로 어두운 숲 속에

서 있었노라./ 아, 그토록 음산하고 울창하며 험한 그 숲을/
어찌 다 말로 표현할 수 있으리."라고 노래한다. 이 작품을 쓸
무렵 단테는 실제로 서른다섯 살이었다. 기독교에서는 인간
의 수명을 흔히 일흔으로 본다. 구약 성서 「시편」의 저자는
"우리의 연수가 칠십이요 강건하면 팔십이라도, 그 연수의 자
랑은 수고와 슬픔뿐이요, 빠르게 지나가니, 마치 날아가는 것
같습니다."(90편 10절)라고 노래하지 않는가. 그러니까 단테가
말하는 '인생의 절반'이란 바로 서른다섯 살을 가리킨다. 단테
에게나 카잔차키스의 주인공에게나 서른다섯 살이라는 나이
에는 삶을 바꿀 경험을 하게 되리라는 상징적 의미가 있다.

그렇다면 화자가 조르바에게 배우는 소중한 인생철학은
과연 무엇일까? 한마디로 '조르바주의(Zorbatism)'라고 부를
수 있을 것이다. 조르바주의란 조르바의 인생관이나 세계관
을 가리킨다. 화자는 조르바를 만난 지 얼마 되지 않아 "조르
바의 학교에 입학해 위대하고 진실한 문자를 새로 배울 수만
있다면 얼마나 좋을까! 그렇게 된다면 내 삶은 얼마나 달라질
것인가!"라고 생각한다. 여기서는 '문자'로 번역했지만 원문
에는 '알파벳'으로 되어 있다. 아주 초보적인 것부터 차근차근
배워 나가야 한다는 뜻이다.

그러나 여기서 한 가지 유념해야 할 것은 화자가 '조르바
학교'에서 교육을 받되 교사의 말과 행동이나 가르침을 문자
그대로 받아들이지는 않는다는 점이다. 그는 취사선택하여
받아들일 것은 받아들이고 거부할 것은 단호하게 거부한다.
작품의 결말에 이르러 화자가 자신의 인생관이나 세계관을
완전히 버리고 조르바의 인생관이나 세계관을 전적으로 받아
들인다고 생각하는 것은 잘못이다.

"이제 우린 헤어지는 건가요?" 그가 중얼거렸다. "어디로 갈 작정이오, 보스 양반?"

"외국으로 나갈까 해요. 내 배 속에 들어 있는 염소라는 놈이 아직 종이를 더 씹어 먹어야 성이 차겠다네요."

"보스, 그렇게 일렀는데도 아직 못 알아들었소?"

"많은 걸 배웠어요, 조르바. 고마워요. 하지만 나도 내 자신의 길을 갈 필요가 있잖아요. 아저씨가 체리를 잔뜩 먹어 그렇게 했듯이 난 책으로 그렇게 할 참이에요. 종이 나부랭이를 잔뜩 먹으면 언젠가는 구역질이 날 테지요. 구역질이 나서 확 토해 버리고 나면 구원을 받게 될 테지요."

화자는 조르바에게 많은 것을 배웠다고 고백하면서 고맙다고 말한다. 그러나 자신이 갈 길은 조르바가 갈 길과는 다르다고 분명히 말한다는 점에 주목해야 한다. 헤어지면서 가야 할 길이 서로 다르다는 뜻보다는 인생행로, 즉 인생관이 서로 다르다는 뜻이다. 화자가 "배 속에 들어 있는 염소라는 놈이 아직 종이를 더 씹어 먹어야 성이 차겠다네요."라고 말하는 것은 책을 읽고 글을 쓰는 지적인 삶을 아직은 포기할 수 없다는 말이다. 화자가 인생관을 완전히 바꿀 수 없다는 것은 누구보다도 조르바가 잘 알고 있다. 헤어지기 직전 화자가 자신이 자유로운 몸이라고 말하자 조르바는 곧바로 "아뇨, 보스는 자유롭지 않아요."라고 고개를 가로저으며 대꾸한다. 그러면서 조르바는 "당신이 묶인 줄은 다른 사람들의 줄보다 좀 더 길어요. …… 당신은 마음대로 오고 가니 자유롭다고 생각할지 모르죠. 하지만 당신은 그 줄을 잘라 버리지 못해요."라고 지적한다.

위 인용문에서 화자가 체리를 언급하는 것은 언젠가 조르바가 그에게 들려준 일화 때문이다. 어린 시절 조르바는 체리를 무척 좋아했지만 가난한 탓에 양껏 먹을 수 없었다. 그래서 어느 날 밤에 몰래 일어나 아버지의 바지 주머니에서 돈을 훔쳐 과수원으로 달려가 체리를 한 바구니 샀다. 그러고는 토할 만큼 실컷 먹고 나서야 비로소 체리에 대한 강박 관념에서 풀려났던 것이다. 조르바가 체리를 두고 그렇게 했던 것처럼 화자도 책벌레로서의 지적인 활동을 극한점까지 밀고 나감으로써 어떤 새로운 돌파구를 찾을 수 있을 것이라고 생각한다.

또 조르바가 보낸 전보와 그에 대한 화자의 반응 역시 이 사실을 뒷받침해 주는 근거다. 베를린에 머물고 있던 무렵 화자는 어느 날 조르바에게 전보를 한 통 받는다. "아주 멋진 녹암을 찾았음. 즉시 오기 바람."이라는 내용이었다. 그러나 화자는 조르바의 초청을 거절한다. 뒷날 그는 "나는 모든 것을 포기할 용기가 없었고 일생에 단 한 번만이라도 용기 있게 비이성적인 행동을 할 용기가 없었다."라고 회고한다. 화자는 조르바에 동화되기는커녕 '잃어버린 영혼', '먹물을 뒤집어쓴 사람'인 상태로 남아 있었던 것이다.

조르바는 원기 왕성하고 호색적이며 실질적이고 실용적인 일에 관심을 기울인다. 또한 비도덕적이거나 비윤리적인 일을 서슴지 않고 신성 모독에 가까울 만큼 반기독교적인 말과 행동을 일삼는다. 지식인이요 작가인 화자는 조르바의 이러한 성격과는 거리가 멀뿐더러 그러한 성격을 닮고 싶은 생각도 전혀 없다. 그러면서도 화자는 조르바를 만나 이제껏 겪어 보지 못한 새로운 세계를 맛보며 희열을 느낀다.

화자가 조르바의 삶의 방식을 그대로 배운다기보다는 배

우고 싶은 것만을 선별적으로 배운다고 말하는 쪽이 옳다. 작품 첫머리에서 화자는 단테의 『신곡』이 자신의 "길동무"라고 밝힌다. 그의 또 다른 길동무는 그동안 그를 사로잡고 있던 붓다였다. 그러나 조르바와 생활하는 동안 화자는 단테와 붓다를 멀리한 채 조금씩 조르바의 삶의 방식을 받아들인다. 화자는 크레타섬 해변에서 조르바와 함께 지낸 시간이 인생에서 가장 행복한 시절이었다고 회고한다. 비록 물질적으로는 파산했을지언정 자기 정신의 갱도에서는 삶의 지혜라는 값진 광석을 채취했기 때문이다.

그러고 보니 『그리스인 조르바』의 화자는 피츠제럴드의 『위대한 개츠비』의 화자 닉 캐러웨이와 비슷한 데가 많다. 교육을 많이 받은 지식인이라는 점에서도 그렇고, 도덕과 윤리로 무장되어 있다는 점에서도 그러하다. 닉에게 제이 개츠비는 "드러내 놓고 경멸해 마지않는 것을 모두 대변하는" 인물이다. 그러나 개츠비에게는 닉이 일찍이 보지 못한 미덕이 있다. 개츠비는 마치 "복잡한 지진계와 연결되어 있기라도 한 것처럼" 삶의 가능성에 민감하게 반응한다. 모든 것을 교환 가치로 환산하는 물질주의 시대에 이러한 '낭만적 민감성'은 닉에게는 무척 값진 것이다.

그렇다면 『그리스인 조르바』에서 화자가 조르바에게서 발견하는 값진 교훈은 과연 무엇일까? 그것은 한마디로 '카르페 디엠(carpe diem)'이라고 할 수 있다. '현재를 붙잡아라.(Seize the day.)'로 흔히 번역되는 이 구절은 서양의 해시계에서 흔히 볼 수 있다. 이 구절은 고대 로마의 시인 호라티우스의 「송가」 속 한 구절, "현재를 붙잡아라. 가급적 내일이라는 말은 최소한만 믿어라."라는 시구에서 유래한 말이다. 이 구절에 쓰인 '카르페'라는 라틴어 동사는 사실 '붙잡다'보다는 '즐기다'로 옮기는 쪽이 더 어울린다. 과거는 이미 지나가 버렸고 미래는 전혀 알 수 없는 것이기 때문에 '지금 여기'에서의 현재 삶에 충실할 것을 부르짖는 것이다. 호라티우스가 에피쿠로스학파에 속한 시인이기 때문에 이 구절은 흔히 이 학파와 연계하여 이해해 왔다. 이 구절은『죽은 시인의 사회』라는 영화에서 로빈 윌리엄스가 맡은 한 고등학교 교사의 대사로 더욱 유명해졌다. 그는 학생들에게 "카르페 디엠. 오늘을 즐겨라, 소년들이여. 삶을 비상(飛翔)하게 하라."라고 말했다. 이 대사는 아직도 할리우드 영화의 명대사 중 하나로 꼽힌다.

그러나 카잔차키스는 이 '카르페 디엠'의 생활 태도를 에피쿠로스보다는 프리드리히 니체로부터 영향을 받았다. 평생 니체에 심취한 카잔차키스는 니체의 핵심적 사상 중 하나인 영원 회귀에 깊은 관심을 기울였다. 모든 일이 영원히 반복된다는 영원 회귀 사상은 역설적으로 최선을 다하여 현재의 순간을 즐기라는 '카르페 디엠'과 맞닿아 있다. 신이 사망하여 인간의 삶에 아무런 영향을 끼치지 못한다면, 그리고 그런 무의미한 순간들이 영원히 반복된다면 인간은 현세의 삶을 충실하게 살아갈 수밖에 없을 것이다.

조르바는 지나간 과거의 삶도, 다가올 미래의 삶도 믿지 않고 오직 현재의 삶만을 굳게 믿는다. 적어도 현재의 삶에 충실하려고 애쓴다는 점에서 그는 카르페 디엠의 인생관을 받아들이는 호라티우스의 애제자요 에피쿠로스학파의 멤버라고 할 만하다.

"나는 어제 일어난 일은 생각 안 합니다. 내일 일어날 일을 자문하지도 않아요. 내게 중요한 것은 오늘, 이 순간에 일어나는 일입니다. 나는 자신에게 묻지요. '조르바, 지금 이 순간에 자네 뭐하는가?', '잠자고 있네.', '그럼 잘 자게.', '조르바, 지금 이 순간에 자네 뭐 하는가?', '일하고 있네.', '잘해 보게.', '조르바, 자네 지금 이 순간에 뭐 하는가?', '여자에게 키스하고 있네.', '조르바, 잘해 보게. 키스할 동안 딴 일일랑 잊어버리게. 이 세상에는 아무것도 없네. 자네와 그 여자밖에는. 키스나 실컷 하게.'"

위 인용문에서 '어제'는 단순히 '오늘'이라는 시점을 기준으로 하루 전날을 가리키지 않는다. 이 점에서는 '내일'과 '오늘'도 마찬가지다. '어제'와 '내일'과 '오늘'은 각각 과거와 미래와 현재를 가리키는 환유적 표현, 아니 좀 더 정확히 말하자면 제유적 표현이다. 조르바는 이 짧은 단락에서 '이 순간에'라는 표현을 무려 네 번이나 되풀이해 사용한다. 조르바에게는 '지금 여기'에서의 삶이 무엇보다도 중요하다. 자식에 빗대어 말하자면 과거는 이미 죽은 자식과 같고 미래는 아직 태어나지 않은 자식과 같다. 이미 죽은 자식이나 태어나지 않은 자식에 미련을 두는 것만큼 어리석은 일도 없을 것이다. 조르바에게 현세는 천국이나 극락세계에 이르기 전에 겪어야 할 '눈물의 골짜기'나 '고통의 바다'가 아니라 한껏 즐겨야 할 귀하디귀한 순간이다.

조르바가 현재 삶에 얼마나 큰 가치를 두는가 하는 것은 아몬드나무와 관련한 일화에서도 엿볼 수 있다. 어느 날 작은 마을을 지나다가 그는 아흔 살쯤 되어 보이는 노인이 아몬드나무를 열심히 심고 있는 모습을 목격한다. 언제 죽을지 모르는 노인이 아몬드 열매를 따 먹겠다고 나무를 심는 것이 그로서는 도저히 믿기지 않아 걸음을 멈추고 왜 아몬드나무를 심고 있는 것인지 묻는다. 그러자 허리가 땅속으로 기어들어 갈 것 같은 노인은 뒤돌아서서 그에게 "젊은이, 난 영원히 죽지 않을 것처럼 행동한다네."라고 대답한다. 그러자 조르바는 노인에게 "전 언제 죽을지 모르는 사람처럼 살고 있는걸요."라고 대꾸한다. 조르바는 이 이야기를 화자에게 들려주면서 "이 두 사람 중 누구 말이 더 맞을까요?"라고 묻는다. 조르바는 화자를 '의기양양하게' 쳐다보며 "딱 걸려들었구먼! 어디 대답할 수 있으면 해 보라고요."라고 짓궂게 말한다. 조르바가 이렇게 짓궂게 화자를 놀려 대는 것은 화자가 아직 카르페 디엠의 인생관을 받아들일 준비가 되어 있지 않기 때문이다.

조르바가 하루 세 끼 먹는 음식에, 늘 물처럼 마시는 포도주에, 나이 따위 상관없이 뭇 여성에게 그토록 관심을 기울이는 까닭도 따지고 보면 현세주의적인 그의 인생관에서 비롯한다. 현세주의는 물질적인 것을 중시하는 태도와 깊이 연관되어 있다. 작품 후반부에 이르러 화자는 "마침내 나는 먹는다는 것은 숭고한 의식이며, 고기, 빵, 포도주는 정신을 만드는 원료임을 깨달았다."라고 고백한다. 조르바를 만나기 전이라면 화자로서는 도저히 상상도 할 수 없는 생각이다. 그는 음식을 먹는 행위를 생존하고 활동하는 에너지를 얻기 위한 행위로밖에는 생각하지 않았다.

조르바의 현세주의적 태도는 그의 여성 편력에서도 단적으로 엿볼 수 있다. 그에게 여성과의 관계는 자신이 살아 있다는 사실을 입증하는 가장 좋은 방법이다. 조르바는 화자에게 마을에 사는 소르멜리나라는 젊은 미망인에 접근하여 잠자리를 같이하라고 부추긴다. 행여 다른 마을 사람들이 넘보지 않을까 망을 보기도 한다. 흥미롭게도 조르바는 그렇게 여성을 좋아하면서도 소르멜리나만은 그의 보스인 화자에게 양보하는 '미덕'을 보인다. 그리고 기회 있을 때마다 화자에게 계속 소르멜리나에게 접근하라고 부추긴다. 페미니스트들에게는 비난받을 일이지만 조르바는 그녀를 음식에 빗대면서 화자에게 하느님 또는 악마가 보낸 "맛있는 음식"을 못 본 척 넘기지 말라고 말한다.

실제로 화자도 소르멜리나에게 관심이 있다. 그는 "지독한 사향 냄새 같은 암내를 풍기며 내 앞을 지나가던 야생 동물, 그 전능한 육체"를 은근히 갈망한다. 화자는 붓다에 관한 원고를 쓰는 내내 그 미망인의 망상에 시달린다. 미망인은 화자에게 "어서 와요. 어서 와요. 삶이란 한낱 스쳐 지나가는 번갯불에 지나지 않아요. 그러니 어서 와요. 너무 늦기 전에 어서 와요!"라고 계속 부르짖는다. 결국 화자는 부활절에 과수원으로 미망인을 찾아가기에 이른다. 그런데 두 사람이 처음이자 마지막으로 관계를 맺는 날짜가 부활절이라는 점이 자못 상징적이다. 화자가 이 경험을 통해 정신적으로 부활하기 때문이다. 미망인과의 관계를 분수령으로 화자의 인생관은 조금씩 달라진다.

조르바의 현세주의적인 삶의 태도에서 한 가지 눈여겨볼 것은 얼핏 대수롭지 않아 보이는 일상사를 마치 처음 바라보듯이 신선한 시선으로 바라본다는 점이다. 창조의 새 아침에 아담과 하와가 에덴동산의 피조물들을 바라보듯이 그는 날마다 사물을 처음 보는 것처럼 대한다. 가령 길에 지나가는 여자를 보아도 조르바는 걸음을 멈추고 두려움에 떨며 이렇게 묻는다. "도대체 이 신비로운 존재는 뭐요? '여자'란 게 도대체 뭐요? 왜 저 존재는 나를 이렇게 만들어 버리는 거죠? 왜 머릿속 나사가 풀린 것처럼 나를 돌아 버리게 한단 말이오?" 비단 여성만이 아니라 주위의 삼라만상이 그에게는 그저 신비스러울 따름이다. 그래서 그는 남자나 꽃 피는 나무, 신선한 물 한 잔을 보고도 감탄하며 툭 튀어나온 눈으로 그런 질문을 던진다.

조르바의 이야기를 듣고 있으면 세상은 다시 숫처녀처럼 순결해지는 것 같았다. 광채를 잃어버렸던 모든 것들이 하느님의 손으로 처음 빚어졌을 때처럼 그 찬란한 빛을 되찾았다. 물도, 여자도, 별도, 빵도 신비스럽고 원시적인 근원으로 되돌아갔다. 그리고 하늘에서는 신성한 바퀴에 회전의 탄력이 붙었다.

이 인용문을 읽고 있노라면 조르바의 현세주의가 단순히 관능적인 감각주의나 쾌락주의가 아니라는 사실을 알 수 있다. 이렇게 삼라만상을 신선한 시선으로 바라본다는 것은 그만큼 현세의 삶에 가치를 두고 그것을 만끽한다는 것을 뜻한다. 화자는 조르바의 이러한 태도를 '경외심'과 '신성한 공포'라는 말로 표현한다. 소소한 일상사와 사물에서 이러한 경외심이나 신성한 공포를 느끼기란 그렇게 쉽지 않다. 보통은 나이가 들고 경험이 쌓일수록 주위에 있는 단순하고 소박한 것에서 기적을 발견하기 어려워진다. 그런데도 조르바는 예순이 넘은 나이에도 어린아이와 같은 순수한 눈으로 사물을 바라보며 감탄을 금치 못한다. 순수하고 맑은 영혼이 아니고서는 좀처럼 깨달을 수 없는 높은 경지라고 할 수 있다.

작품이 시작할 무렵에는 플라톤과 형이상학의 음침한 골

짜기에서 허덕이던 화자는 자신도 모르는 사이 조금씩 조르바의 현세주의적인 삶의 방식을 받아들이기 시작한다. 화자는 그동안 지상에 발을 붙이고 살면서도 조르바처럼 삶의 희열을 맛보지 못했다. 그러나 점차 천상의 별을 바라보는 것이 아니라 지상에 굳게 발을 딛고 만족하며 살아가는 삶, 소소한 일상에서 행복을 느끼는 것이 곧 진실한 삶이라는 소중한 진리를 깨닫는다. 그래서 화자는 마침내 "나는 행복이란 소박하고 단순한 것이라는 사실을 다시 한번 확신할 수 있었다."라고 말한다. 그러면서 "말하자면 포도주 한 잔, 밤 한 톨, 보잘것없는 난롯불, 으르렁거리는 바다 소리, 그런 것이면 충분했다. 그리고 이런 것이 행복이로구나 하고 깨닫기 위해서는 소박하고 단순한 마음만 있으면 되었다."라고 고백하기에 이른다.

화자는 '조르바 학교'에서 그동안 단테의 『신곡』이나 불교의 경전 같은 책에서는 미처 배우지 못한 소중한 인생 수업을 받는다. 화자가 홀로 의자에 찰싹 붙어 앉아서 풀려고 고심하고 있던 모든 문제를, 조르바는 세상을 떠돌아다니며 해결하였다. 화자는 이에 대해 "단칼에 헝클어진 매듭을 푼 쾌도난마(快刀亂麻)라고나 할까."라고 평한다. 화자가 조르바 학교에 지불하는 수업료는 화자가 세상에서 지불하는 것과는 비교도 되지 않을 만큼 저렴하다. 물론 광산이 망하기 전의 일이지만 화자는 "요모조모 셈을 해 보아도 나는 아무래도 행복을 헐값을 주고 사는 느낌이었다."라고 고백한다.

학식과 지식으로 보자면 화자는 조르바와는 비교도 되지 않을 만큼 뛰어나지만 인생 경험으로 말하자면 아직 풋내기와 다름없다. 조르바는 비록 학교 문턱에도 가 보지 못한 무식한 노동자에 지나지 않지만 그는 온몸으로 세상 경험을 두루 쌓았다. 그래서 그의 말 한마디, 행동 하나가 화자의 영혼을 뒤흔든다. 화자가 창백한 관념적 지식인이라면 조르바는 어디까지나 지혜와 슬기의 소유자라고 할 수 있을 것이다.

3 프리드리히 니체와 앙리 베르그송
그리고 동양 사상

니코스 카잔차키스는 자신의 영혼에 깊은 족적을 남긴 정신적 지도자들을 여러 번 언급했다. 프리드리히 니체와 앙리 베르그송을 자주 언급했고, 어쩌다 그가 언급하는 다른 정신적 지도자로는 그리스 문학사뿐만 아니라 세계 문학사에서도 최초의 시인이라고 할 호메로스, 중세에서 르네상스로 넘어오는 과도기에 징검다리 역할을 한 단테 알리기에리, 그의 젊은 시절 강하게 사상적 영향을 끼친 붓다가 있다. 그리고 아토스산을 여행할 때 만난 노동자 요르기오스 조르바스를 꼽기도 한다. 그러나 카잔차키스는 영혼의 스승이나 정신적 지도자를 언급할 때 니체와 베르그송을 거의 빼놓은 적이 없다. 그만큼 이 두 철학자에게 큰 빚을 졌기 때문이다. 오늘날 카잔차키스가 문학가의 범위를 뛰어넘어 철학가나 종교 이론가로 대접받는 데는 이 두 사람의 영향이 크다.

1906년에 카잔차키스가 아테네 대학교를 졸업할 때 제출한 논문이 「프리드리히 니체의 정의철학과 국가」였다. 1908년에 프랑스의 소르본 대학교와 콜레주 드 프랑스를 졸업할 때 제출한 논문도 아테네 대학교에 제출한 논문을 수정하고 보완한 것으로 제목 역시 같았다. 카잔차키스는 1909년에 고향 크레타에 돌아오자마자 이 학위 논문을 단행본으로 출간하였다. 이 논문은 카잔차키스가 사망하고 2년 뒤인 1959년에 다시 한 번 출간되었고, 그가 이 논문을 소르본 대학교에 제출한 지 100년이 지난 2007년에 미국 뉴욕 주립 대학교 출판부에서 또다시 단행본으로 출간되었다. 카잔차키스는 그리스인들에게 니체에 관한 강연을 했을 뿐만 아니라 『차라투스트라는 이렇게 말했다』를 그리스어로 번역하여 출간했을 정도로 니체에 심취했다.

한편 카잔차키스는 니체 못지않게 베르그송에게도 큰 영향을 받았다. 베르그송은 1907년부터 1908년까지 카잔차키스가 소르본 대학교와 콜레즈 드 프랑스에 재학 중이던 시절 직접 강의를 들은 스승이었다. 프랑스 유학을 마치고 귀국한 뒤 카잔차키스는 그리스 교육 협회를 설립하고 베르그송 철학을 그리스 지식인들에게 처음 소개하였고, 그 내용을 교육 협회에서 발행하는 잡지에 발표하였다. 특히 카잔차키스가 『그리스인 조르바』에서 알렉시스 조르바라는 인물을 창안하는 데 베르그송에게서 받은 영향은 참으로 컸다.

1 니체의 '신의 죽음'과 조르바

니코스 카잔차키스가 프리드리히 니체에게서 받은 영향은 크게 세 가지로 요약할 수 있다. 첫째, 하느님에 관한 견해, 둘째, 아모르 파티(amor fati), 셋째, 아폴론적인 것과 디오니소스적인 것에 관한 이론. 니체의 이 세 가지 이론은 카잔차키스가 『그리스인 조르바』를 집필하는 데 직간접적으로 크나큰 영향을 끼쳤다. 카잔차키스 전문가 안드레아스 폴라키다스는 "만약 카잔차키스가 『차라투스트라는 이렇게 말했다』를 잘 알고 있지 않았더라면 아마 『그리스인 조르바』를 쓸 수 없었을지 모른다."라고까지 주장하였다.

19세기의 이단아라고 할 니체는 "신은 죽었다."라는 명제를 제시하여 그야말로 서구 전체를 깜짝 놀라게 하였다. 종소리만 들어도 침을 흘리는 파블로프의 개처럼 많은 사람들이 니체라는 이름만 들어도 곧바로 이 명제를 떠올리게 되어, 이것은 이제 니체를 대표하는 구호가 되었다. 그러나 따지고 보면 이 명제는 니체가 널리 유행시켰을 뿐 그가 맨 처음 제시한 것은 아니다. 니체보다 앞선 시기에 헤겔도 신의 죽음을 선포했던 것이다.

어찌 되었든 니체는 『즐거운 학문』에서 이 명제를 언급한다.

그대들은 밝은 아침에 등불을 켜고 시장으로 달려가 쉴 새 없이 이렇게 외치는 미치광이에 대해 들어본 적이 있는가? "나는 신을 찾고 있다! 나는 신을 찾고 있다!"라고. 주변에 신을 믿지 않는 사람들이 많이 서 있었기 때문에 그는 조소를 받았다. …… 미치광이는 그들의 한가운데로 뛰어들어 그들을 뚫어지게 쳐다보았다.

"신은 어디에 있는가?" 그가 부르짖었다. "내가 가르쳐 주리라. 우리가 신을 죽여 버렸다. 너희들과 내가 죽여 버렸다! 우리는 모두 신을 죽인 자들이다! …… 신은 죽었다. 신은 죽은 채로 있다. 그리고 우리가 그를 죽여 버렸다."

여기서 니체가 미치광이의 입을 빌려 부르짖는 "신은 죽었다."라는 명제는 그의 다른 저서에서도 쉽게 찾아볼 수 있다. 예를 들어 "종교는 노예의 도덕이고, 신은 죽었다."라든지, "인간에 대한 연민으로 신은 죽었다."라든지, "나 외에 다른 신은 없다는 선언을 들은 신들은 웃다가 죽었다." 같은 문장이 그것이다. "신은 죽었다."라는 이 명제는 흔히 무신론을 다르게 표현한 것으로 해석된다. 니체의 말대로 신이 사망했다면 인간은 더 이상 그를 믿을 수 없기 때문이다.

그러나 니체의 이 명제는 서구 기독교의 범위를 넘어 서구 문화 자체와 연관 짓는 것이 더 정확하다. 지난 2000년 동안 서구 문명과 문화는 곧 기독교 문명과 문화와 다름없었다. 그렇다면 신의 죽음은 곧 서구 문명과 문화의 종말을 뜻한다. 구체적으로 말해서 신의 죽음과 함께 이제껏 서구를 지배해 온 도덕, 윤리, 가치 따위가 마침내 종래에 지니고 있던 힘을 잃었다는 것이 된다. 그러므로 이 명제는 헤브라이즘과 헬레니즘을 관통하는 본질주의, 즉 절대적 관념을 부정하는 것과 같다. 좀 더 쉬운 말로 바꾸면 이 세상에 더 이상 절대적인 진리는 존재하지 않는다는 것이 된다. 절대적인 진리가 존재하지 않는다는 말처럼 니힐리즘(허무주의)적인 생각도 없을 것이다. 그러나 니체의 니힐리즘은 삶 자체를 부정하지 않는 긍정적 의미의 니힐리즘이다. 그렇다면 "신은 죽었다."라는 니체의 선언은 보편적이고 절대적인 진리에 대한 선전 포고인 한편, '초인(Übermensch)'의 도래를 알리는 희망의 나팔 소리라고 할 수 있다.

카잔차키스는 『그리스인 조르바』에서 신의 죽음을 주인공 알렉시스 조르바의 말과 행동과 연관 짓는다. 조르바는 니체가 정의한 '확신자'가 아니라 '초인'의 개념에 가까운 인물이다. 독단에 빠져 있는 '확신자'는 궁극적인 최후의 진리를 포착했다고 확신하는 사람들로 더 이상 현실의 변화를 꾀하지 않고 현 상태에 안주하려 한다. 또한 '확신자'는 자기 외에 다른 진리를 주장하는 사람들의 의견에 귀를 막을 뿐 아니라 그것을 억압하고 구속하는 것을 당연하게 여긴다. 한편 '초인'은 어떤 주의나 주장에 안주하지 않고 끊임없이 움직이며 앞으로 나아가는 사람이다. 초인을 뜻하는 '위버멘쉬'란 단어는 그대로 끊임없이 변화하는 세계에서 자신의 한계를 극복하여 그것을 '뛰어넘는' 사람을 의미한다. 그러므로 니체의 관점에서 보면 인간에게 확신은 의심보다 훨씬 더 위험스럽다.

『그리스인 조르바』에서 알렉시스 조르바는 마담 오르탕스를 유혹하면서 하느님은 존재하지 않는다고 잘라 말한다. 그는 자신의 무릎으로 그녀의 무릎을 슬그머니 누르면서 달콤하게 속삭인다. "나의 부불리나! 하느님은 존재하지 않아요. 악마도 존재하지 않아요. 그러니 속상해하지 말아요. 당신의 어여쁜 머리를 들고, 그 어여쁜 손을 어여쁜 뺨에 대고서 사랑 노래를 천천히 불러 봐요. 그래서 죽음 따윈 죽여 버려요!" 조르바의 말대로 이 세상에 하느님도 악마도 존재하지 않는다면 남녀의 애정과 관련한 도덕이나 윤리는 이제 이렇다 할 의미가 없을 것이다.

조르바는 어느 일요일 오후 마담 오르탕스의 호텔에서 음식과 포도주를 호사롭게 들고 돌아오는 길에 그의 '보스'이자 화자인 '나'와 인간 본성을 두고 대화를 나눈다. 대화의 발단은 화자가 갈탄 광산의 노동자들을 단순히 고용자와 피고용자로 간주하지 않고 그들에게 온정을 베푸는 데 있다. 화자는

인간의 본성이 선하다고 보는 반면, 조르바는 인간의 본성이
악하다고 본다.

"아저씨는 인간의 본성에 그렇게 믿음이 없으신가요?"
"화내지 마쇼, 보스 양반. 난 그 어떤 것도 믿지 않소. 인간의 본
성을 믿었더라면, 하느님도 믿고, 또 악마도 믿겠지. 그건 엄청난
골칫거리요. 그렇게 되면 모든 게 뒤죽박죽되어 문제를 일으킬 거
요, 보스."

위 인용문에서 "인간의 본성을 믿었더라면, 하느님도 믿
고, 또 악마도 믿겠지."라는 말에 주목해야 한다. 이 말을 뒤집
어 보면 하느님도 믿지 않고 악마도 믿지 않기 때문에 인간이
본질적으로 선하다고 믿을 수 없다는 말이 된다. 그러면서 조
르바는 계속하여 인간이란 하느님의 형상을 빚어진 피조물이
아니라 한낱 야수에 지나지 않는다고 말한다. 그러면서 화자
에게 노동자 같은 사람들을 사납게 대하면 그를 존경하고 두
려워할 테지만 관용을 베풀며 잘 대해 주면 결국 그를 잡아먹
고 말 것이라고 경고한다.

물론 조르바는 경우에 따라 하느님의 존재를 인정하기도
한다. 가령 이미 사망한 사람을 언급할 때면 으레 "하느님 그
분의 뼈를 축복해 주소서!"라거나 "하느님을 찬양할지어다!"
하고 말한다. 그러나 그가 이렇게 말하는 것은 하느님의 존재
를 믿어서라기보다는 기계적으로 입으로 내뱉는 감탄사일 뿐
이다. 어쩌다 하느님의 존재를 인정하더라도 하느님을 폄하
하거나 인간과 같은 차원으로 내려 불경스럽게 말하기 일쑤
다. 예를 들어 마을에서 가장 나이 많은 아나그노스티스 영감

과 대화를 나누는 장면에서 조르바는 "하느님은 부자예요. 하지만 우리한테는 아무것도 없는데 그 구두쇠 영감은 우리에게 동전 한 닢 줄 생각이 없어요."라고 불평한다. 기독교에서 자비롭고 은혜가 풍성하다고 칭송하는 하느님을 그는 '구두쇠 영감'이라고 부르는 것이다.

조르바의 신성 모독적인 진술이나 발언은 비단 여기에 그치지 않는다. 또 한번은 그는 화자에게 하느님이 자신을 닮았을 것이라고 말한다. "하느님이 정확히 나랑 똑같이 생겼을 것 같소. 다만 나보다 키가 좀 더 크고, 힘이 좀 더 세고, 좀 더 살짝 정신이 돌았다고나 할까."라고 내뱉는다. '구두쇠 영감'으로도 모자라 이번에는 정신이 살짝 돌았다고 말하는 것이다. 이 두 표현 모두 신성 모독적인 발언으로 조르바가 중세에 살았더라면 장작더미 위에서 화형을 당하고도 남았을 것이다. 심지어 조르바는 하느님과 악마를 굳이 구별하지 않고 동일한 차원에서 말하기 일쑤다. 그래서 그는 '하느님-악마'라는 신조어를 만들어 사용하기도 한다.

2 니체의 '아모르 파티'

프리드리히 니체가 부르짖은 신의 죽음은 자연스럽게 '아모르 파티' 개념으로 이어진다. 라틴어 '아모르 파티'는 한국에서도 일본 학자들이 번역한 대로 '운명애(運命愛)'로 옮기지만 오히려 "네 운명을 사랑하라!"라는 명령형으로 옮기는 쪽이 훨씬 적절할 듯하다. 운명애라는 용어는 추상적인 반면, 운명을 사랑하라는 명령형 문장은 좀 더 구체적이어서 피부에 직접 와닿기 때문이다. 니체는 『이 사람을 보라』에서 이렇게 말했다. "너의 삶을 있는 그대로 긍정하고 사랑하고 받아들인다면 너의 삶은 오늘 이 순간부터 새로운 가능성의 바다로 열리게 될 것이다. 그러므로 나는 너희에게 이렇게 말한다. '인간의 위대함에 대한 내 공식은 아모르 파티'라고." 이 개념과 관련하여 니체는 계속하여 "필연적인 것을 단순히 감당하기만 하는 것이 아니라, 은폐는 더더욱 하지 않으며, 오히려 그것을 사랑하는 것"이라고 밝힌다.

그렇다면 신이 사망한 허무와 절망의 시대에 인간은 어떻게 살아가야 할까? 온갖 고통과 상실, 불행 따위로 얼룩진 삶에서 과연 의미를 찾을 수 있을까? 니체는 『즐거운 학문』에서 인간이 진정한 자아를 찾아가는 과정을 세 가지 비유를 들어 설명하였다. 세 비유란 낙타, 사자, 어린아이가 겪는 세 유형의 변신 과정을 말한다. 첫 단계인 낙타는 등에 지고 있는 무거운 짐을 견디는 수동적인 태도다. 사자는 기존의 가치를 부정하는 두 번째 단계로, 자유정신을 상징한다. 마지막 단계인 어린아이 상태는 있는 그대로의 자신을 받아들이는 태도다. 어린아이는 주어진 운명을 수동적으로 받아들이는 운명론적 모습이 아니라, 있는 그대로의 모습을 능동적으로 받아들이고 거기에서 의미를 찾아 초인처럼 끊임없는 변신을 꾀하는 단계다. 이렇게 무한한 긍정 정신을 상징하는 세 번째 단계가 바로 니체가 말하는 '아모르 파티'다.

니체가 신의 죽음과 아모르 파티를 연관시켰듯이 니코스 카잔차키스는 『그리스인 조르바』에서 아모르 파티를 알렉시스 조르바와 연관시킨다. 삶의 중심부에서 한 발 비켜 서서 삶을 바라보는 방관자라고 할 화자와는 달리, 조르바는 자신의 운명에 온몸으로 부딪치고 온몸으로 껴안으려는 능동적 인물이다. 니체의 말대로 조르바는 삶을 있는 그대로 긍정하고 사랑하고 받아들인다. 그래서 그에게 삶은 언제나 '새로운 가능성의 바다'로 활짝 열려 있다.

조르바가 화자에게 마을의 젊은 미망인 소르멜리나를 유혹하도록 부추기는 장면은 '아모르 파티'를 보여 주는 좋은 예다. 조르바는 "내 평생 별의별 암컷들을 다 봐 왔지만 이 과부는 그야말로 온 도시 사람들을 홀리는 여자요!"라고 말하면서 그녀야말로 화자와 썩 잘 어울리는 여성이라고 말한다. 그러나 화자는 오히려 조르바의 말에 화를 내며 이 일로 공연히 말썽을 일으키고 싶지 않다고 매정하게 대꾸한다. 화자가 이렇게 과잉 반응을 보이는 것은 야생 동물과 같은 미망인의 육체를 속으로 은근히 갈망하고 있기 때문이다. 화자의 말에 조르바는 놀란 표정을 지으며 그렇다면 도대체 그가 원하는 것이 뭐냐고 다그친다. 화자가 아무 대답도 하지 않고 가만히 있자 조르바는 그에게 "산다는 거 자체가 말썽이오. 죽으면 말썽이 없어지지만."이라고 말한다. 그러면서 "산다는 게 무슨 의미인지 아시오? 허리띠를 풀고 말썽거리를 찾아다니는 거요."라고 덧붙인다.

이처럼 화자가 니체가 말하는 낙타와 비슷한 인물이라면 조르바는 운명에 능동적으로 대처하는 어린아이와 같은 인물이다. 화자와 조르바를 비교해 보면 '아모르 파티'의 성격은 좀 더 뚜렷하게 드러난다. 작품 첫머리에서 화자는 항구의 카페에서 처음 만난 조르바에게 결혼했느냐고 물어본다. 그러자 조르바는 즉시 "난 사람이 아닌가? 사람이라는 건 눈이 멀었다는 의미요. 나도 이전 사람들이 빠진 진창에 얼굴부터 처박았소. 결혼해 봤단 말이오. 꼴좋게 망가졌고, 그때부터 가파른 내리막길을 내달린 거요."라고 대꾸한다. 그러면서 조르바는 "중산층 가장(家長) 노릇도 해 봤고, 집도 짓고, 애들도 낳았지."라고 말한다. 조르바에게는 사는 것이 곧 말썽거리를 찾아다니는 것이듯이 결혼하는 것도 눈이 멀어 사리를 제대로 분별하지 못하는 어리석은 행동이다. 그러나 조르바는 그런 인간의 숙명을 화자처럼 거부하지 않고 담담히 받아들일 뿐이다.

조르바는 언어로 감정과 생각을 표현하기 힘들 때 춤으로 표현하곤 한다. 그에게 춤은 단순히 흥에 겨워 몸을 움직이는 행위가 아니라 감정과 생각을 효율적으로 표현하는 편리한 도구이자 매체다. 낙타처럼 무거운 짐을 지고 있는 화자 같은 사람은 결코 춤을 출 수 없다. 춤추는 사람은 심각한 생각과 상념을 모두 털어 내기 때문이다. 니체는 『차라투스트라는 이렇게 말했다』에서 "운명을 사랑하면 비로소 춤을 출 줄 안다. 차라투스트라는 춤추는 자다."라고 잘라 말한다. 조르바의 '아모르 파티'의 성격을 단적으로 뒷받침해 주는 구절이다. 한편 조르바에게 춤 못지않게 중요한 표현 매체가 산투리 연주다. 방금 앞에서 인용한 문장에서 그가 "애들도 낳았지."라고 말한 뒤 곧바로 "하나같이 골칫덩이뿐이었어! 하지만 다행히 내겐 산투리가 있었소."라고 밝힌다는 점을 주목해야 한다. 운명을 받아들이기 힘들 때면 조르바는 으레 춤을 추거나 산투리를 연주하며 위안을 얻는다.

3 아폴론과 디오니소스

프리드리히 니체는 『비극의 탄생』에서 삶을 움직이고 예술을 이끄는 두 가지 원칙으로 '아폴론적인 것'과 '디오니소스적인 것'을 들었다. 잘 알려진 것처럼 아폴론은 그리스 신화에서 태양과 빛의 신이다. 아폴론은 빛뿐만 아니라 형식, 질서, 조화, 균형, 절제, 완전성, 이성 등을 상징한다. 빛이 있으면 사물을 똑바로 인식할 수 있고 사물의 성격을 올바로 규정하고 정의 내릴 수 있다. 인간은 아폴론이 없이는 허구와 환상, 즉 비전을 만들어 낼 수 없다. 어떤 의미에서 비전은 환영과 같은 것이다. 아무것도 보이지 않으면 길을 걸어갈 수 없는 것처럼 아무런 목표가 없으면 삶의 길을 걸어갈 수 없다. 그런데 그 목표를 만드는 것은 다름아닌 '나'다. 내가 만든 삶의 목표는 나의 삶이 유지되는 짧은 시간에만 작용하기 때문에 한낱 허구와 환상에 지나지 않을지도 모른다. 그러나 그것은 자신에게는 의미 있는 환상이다. 아폴론적인 것을 대표하는 예술은 조형 예술, 특히 조각이다.

그러나 니체는 인간이 아폴론적인 것만으로는 살아갈 수 없다고 지적하였다. 아폴론적인 것은 어떤 것을 다른 것과 구별 짓는 개별화의 원리이기 때문이다. 서로 자신이 원하는 것만 주장하면 충돌이 일어나고, 기존의 비전과 환상에 묶여 있으면 새로운 것을 받아들일 수 없다. 인간에게는 도취와 망각이 필요할 때가 있게 마련이다. 그래서 때로는 술을 마시고 잔치를 벌여 흥을 돋우기도 한다. 그리스 신화에서 디오니소스는 주신(酒神), 즉 포도주의 신이다. 포도주의 신일 뿐만 아니라 광기, 축제, 황홀경, 풍요, 야생, 본능, 자연, 다산 등을 상징하는 신이기도 하다.

아폴론적인 것이 완벽하고 이성적이라면 디오니소스적인 것은 감정적이고 즉흥적이며 원초적이다. 니체는 이성에서 해방된 예술 충동이나 삶의 방식을 '디오니소스적'이라고 불렀다. 우리는 서로 독립된 객체가 아니라 너와 내가 모두 하나의 생명체라는 것을 인식하는 것이 바로 디오니소스 축제다. 이 디오니소스 축제를 통하여 인간은 삶이 비록 고통과 상실, 불행으로 점철되어 있어도 여전히 살 만한 가치가 있다고 느낄 수 있다. 디오니소스적인 것을 대표하는 예술은 두말할 나위 없이 음악이다.

이성 중심의 서구 문화를 날카롭게 비판한 니체는 인간의 원초적 감정을 강조한 그리스 비극에서 디오니소스적 예술의 원형을 찾았다. 그러나 그리스 비극이 위대한 것은 디오니소스적인 것에만 무게를 싣지 않고 그것을 아폴로적인 것과 교묘하게 결합했기 때문이다. 니체는 이성적인 아폴로와 감정적인 디오니소스가 조화와 균형을 이룰 때 비로소 예술이 발전할 수 있다고 믿었다. 니체는 이 두 가지 요소가 결합한 이상적 예술 충동을 '쿤스트리에벤(Kunsttrieben)'이라고 불렀다. 그러므로 그리스 비극은 쿤스트리에벤을 가장 잘 표현한 예술의 정수라고 할 수 있다. 니체는 이 두 요소 사이에 조화와 균형이 깨지기 시작한 것은 소크라테스가 나타나면서부터라고 지적하였다.

니코스 카잔차키스는 『그리스인 조르바』에서 아폴론적인 인물과 디오니소스적인 인물을 뚜렷이 대비시킨다. 이 소설의 1인칭 화자인 '나'는 전자를 상징하고, 조르바는 후자를 상징한다. 문예 사조에 빗대어 말하자면 화자는 고전주의, 조르바는 낭만주의에 가깝다고 할 수 있다. 지식인이자 작가인 화자는 이성과 조화와 균형, 절제 등을 상징하는 인물이다. 작품이 시작할 때 불교에 심취해 있는 그는 모든 것을 이성과 합리성의 잣대로 재려고 한다. 좀처럼 상식이나 규범에서 벗어나려 하지 않는 창백한 지식인의 전형적인 모습이다. 첫 장면에서 크레타로 떠날 증기선을 기다리는 화자는 카페에서 세이지 차를 마시면서 그가 '여행의 길동무'라고 부르는 단테의 『신곡』을 열심히 읽고 있다.

자칫 놓치기 쉽지만 이 장면에서 화자가 마시는 음료를 눈여겨보아야 한다. 다른 한국어 번역본에는 '세이지'가 술로 번역되어 있지만 술이 아니라 차다. 세이지는 샐비어라고 불리기도 하며, 항균 효과가 있는 약용 허브이다. 서양에서는 예로부터 요리에 넣어 먹거나 차로 달여 마시는 등 널리 사용되는 약용 식물이다. 세이지 차를 마시면 카페인이 든 음료를 마신 것과 비슷한 효과를 볼 수 있다. 이렇게 화자는 차를 즐겨 마실 뿐 좀처럼 술을 마시지 않는다. 한편 조르바는 차는 안중에도 없고 포도주에 절어 살다시피 한다. 물론 화자도 조르바와 생활하면서 점차 그와 함께 포도주를 마시기도 한다.

이 장면에서 화자가 조르바와 함께 일하게 된 것을 축하하기 위하여 그에게 럼주 한 잔을 사준다. 그러자 조르바는 웨이터에게 "럼주 두 잔 가져와!"라고 내뱉는다. 그러면서 "내 새로운 보스 양반도 한 잔 하셔야지. 그래야 서로 잔을 부딪칠 수가 있잖겠소. 세이지 차와 럼주 가지고선 어디 한 식구가 될 수 있겠소. 피를 나눈 가족 같은 사이가 되려면 당신도 럼주를 마셔야 하거든."이라고 말한다. 조르바는 여러모로 포도주의 신인 디오니소스와 많이 닮았고, 화자는 아폴론과 닮았다. 조르바의 디오니소스적인 면모는 부활절 일화에서도 드러난다. 그날 화자와 조르바는 마담 오르탕스의 호텔을 방문하여 풍성한 음식과 포도주로 거나하게 식사를 한다. 배가 부르자 무척 기분이 좋아진 조르바는 화자에게 먹고 마시면서 신명나게 놀자고 소리 지른다.

"어이, 나의 현명하신 솔로몬이여, 나의 백면서생(白面書生)이시여, 그리스도가 탄생하셨소! 세상만사를 촘촘한 체로 거르는 그 버릇 좀 버리시오. …… 언젠가 기술자 하나가 나한테 이런 말을 합디다. 우리가 마시는 물을 확대경으로 들여다보면 맨눈으로는 볼 수 없는 아주 작은 벌레들이 우글거린다고. 그 벌레들을 보고 나면 물을 마실 수 없을 거요. 물을 마시지 않으니 목말라 죽을 수밖에. 그러니 보스 양반, 그 확대경을 박살내 버려요. 그 거지 같은 렌즈 따위 부숴 버리면 벌레들이 눈 깜박할 사이에 사라져 버릴 거요. 그래야 물을 마시고 생기를 되찾을 수가 있어요!"

여기서 조르바가 말하는 '촘촘한 체'란 아폴론의 무기라고 할 이성을 가리킨다. 조르바는 늘 이성의 체로 세상만사를 걸러 내는 화자의 버릇을 아주 못마땅해한다. 체가 촘촘한 탓에 이성의 체를 무사히 통과하는 것은 거의 없다시피 하다. 그래서 조르바는 어느 기술자한테서 들은, 확대경으로 물을 들여다본 이야기를 들려주면서 그 도구들을 부수어 버릴 때 삶의 생기를 되찾을 수 있다고 말한다. 작품의 첫머리에서도 조르바는 자신을 고용할지 말지 고민하고 있는 화자에게 "지금 무슨 생각을 하쇼? …… 나리는 저울을 갖고 다니나 보군요. 뭐든 정확하게 저울질해 봅니까?"라고 따진다. 여기서 저울은 촘촘한 체와 마찬가지로 이성을 가리키는 것이 틀림없다.

조르바는 화자에게 젊은 미망인을 찾아가 잠자리를 같이 하라고 부추기는 장면에서도 이 저울의 비유를 사용한다. 화자가 이 핑계 저 핑계로 그의 제안을 회피하자 조르바는 "보스 양반, 이제 계산은 그만 집어치워 버리쇼. …… 숫자 놀음은 잊어버리고, 그 역겨운 저울은 그만 부숴 버리고, 구멍가게 문도 닫아 버려요. 지금이야말로 당신의 영혼을 구원할 건지 파멸할 건지 선택할 시간이오."라고 단호하게 말한다. 조르바의 말대로 화자가 '그 역겨운 저울'을 부수어 버릴 때 그는 아폴론의 손아귀에서 비로소 해방될 수 있을 것이다.

조르바는 아폴론적인 이성을 식료품 주인이나 똑똑한 지배인에 빗댄다. 그는 화자에게 "인간의 머리란 식료품 주인과 같소. 계속 계산하면서 장부에 이렇게 씁니다. '얼마를 지불했고, 얼마를 벌었고, 이 액수는 손실이고, 저 액수는 이익이다.'"라고 말한다. 그러면서 조르바는 화자에게 "똑똑한 머리는 뛰어난 지배인과 같습니다. 가진 걸 다 걸어 보는 적이 한 번도 없어요. 늘 예비금을 남겨 두죠. 이러니 줄을 자를 수 없다는 겁니다. 아니, 절대로 그러지 못할 거요! 오히려 더 단단히 붙잡아 맬 거요."라고 말하기도 한다. 여기서 그가 말하는 '장부'와 '줄'은 이해관계와 시시비비를 따지는 이성을 가리킨다.

한편 조르바는 좀처럼 이성의 방해를 받지 않는 자유인이다. 조르바가 목재를 실어 나를 고가 케이블에 필요한 장비를 구입하러 이라클리오로 떠나는 날 화자는 그를 마을까지 배웅한다. 화자는 마을로 가는 길에 조르바가 길가에 나뒹구는 돌멩이 하나, 길가에 자란 풀 한 포기에 감탄하는 모습을 보고 적잖이 감명받는다.

최초의 인간들처럼 조르바에게도 이 세계는 고체처럼 형체를 지니고 있는 환상이었다. 별들은 손을 뻗어 그의 머리 위에 얹었고, 바다의 파도는 그의 관자놀이에 닿아 부서졌다. 그는 판단을 왜곡시키는 이성의 간섭을 받지 않고 대지와 물과 동물들과 하느님을 몸소 경험했다.

조르바의 디오니소스적 특징은 위 인용문의 마지막 문장에서 단적으로 엿볼 수 있다. 화자가 모든 것을 이성의 촘촘한 체로 걸러 내고 이성의 정확한 저울로 무게를 단다면, 조르바는 판단을 왜곡시키는 이성의 간섭 없이 마치 갓 태어나서 처음 바라보는 듯이 순수한 시선으로 사물을 바라본다. 그래서 조르바의 눈에는 이 우주의 삼라만상이 창조의 새 아침처럼 신선하고 경이롭게 보인다. 조르바는 매 순간 신세계를 보는 것에 그치지 않고 위대한 선지자들이나 시인들처럼 신세계를 창조한다.

더구나 조르바의 삶은 음식과 포도주, 산투리와 춤을 떠나서는 도저히 생각할 수 없는 디오니소스적 삶이다. 앞에서 이미 지적했듯이 그에게 춤은 언어 이상으로 감정과 사상을 표현하는 도구이자 매체다. 니체는 『차라투스트라는 이렇게 말했다』에서 "나는 춤을 출 줄 아는 신만을 믿는다."라고 말했다. 이것은 디오니소스를 염두에 두고 한 말이다. 훗날 고가 케이블이 무너지면서 갈탄 광산 사업이 물거품으로 돌아간 뒤 화자와 조르바는 해변의 오두막에서 함께 포도주를 마신다. 조르바와 헤어질 때 화자는 그에게 춤을 가르쳐 달라고 부탁하는데 이 말을 들은 조르바는 "얼굴이 황홀하게 빛나면서 펄쩍 뛰어" 자리에서 일어난다. 그러면서 "춤이라고요, 보스? 정말 춤이라고 했소? 자, 이리 오쇼!"라고 하면서 방금 들은 말이 믿기지 않는 듯이 무척 기뻐한다. 조르바가 이렇게 흥분하는 것은 화자의 입에서 그러한 부탁이 나오리라고는 한 번도 생각해 본 적이 없기 때문이다. 화자가 세이지 차 대신에 포도주를 마시고 마침내 조르바로부터 춤을 배우겠다고 말하는 것은 곧 그가 지금까지의 아폴론적 생활 방식을 버리고 조금씩 조르바의 디오니소스적 생활 방식을 따르기 시작한다는 것을 뜻한다.

4 베르그송의 창조적 진화와 조르바

니체와 베르그송은 카잔차키스 문학의 바탕을 이루는 양대 산맥이라고 할 수 있다. 『그리스인 조르바』와 관련하여 한 비평가는 "만약 베르그송이 없었더라면 카잔차키스의 조르바는 무미건조한 독단주의자나 광신적 냉소주의가 되었을 것이다."라고 지적한 적이 있다. 알렉시스 조르바의 성격을 아주 적절히 지적한 말이다. 윌리엄 셰익스피어의 폴스타프나 미겔 데 세르반테스의 돈키호테를 닮은 조르바를 좀 더 잘 이해하려면 베르그송의 철학을 이해할 필요가 있다.

잘 알려진 것처럼 베르그송의 생철학이나 '창조적 진화' 이론은 기계론적 결정론에 대한 회의에서 출발하였다. 생명을 기계론적인 사고의 틀에서 파악하면 인간을 포함한 모든 유기체의 생명 현상은 반복되는 어떤 법칙 속에 놓이게 된다.

그런데 어제의 나와 오늘의 내가 동일한 존재일 수 없듯이 생명 현상은 기계처럼 반복되는 것이 아니다. 또한 찰스 다윈의 진화론에 의심을 품은 베르그송은 특정한 방향으로 유전적인 변화가 일어나는 것은 우연이나 자연의 선택에 따른 것이 아니라 어디까지나 생명체 자신의 어떤 노력과 연관이 있다고 보았다. 베르그송은 항상 변화하는 생명체를 어떤 법칙에 가두는 것은 곧 생명을 시체로 간주하는 것이라고 비판하였다. 그는 『창조적 진화』에서 "존재하는 것은 변화하는 것이고, 변화하는 것은 성숙하는 것이며, 성숙하는 것은 끊임없이 자신을 창조해 나가는 것이다."라고 잘라 말하였다.

베르그송은 이렇게 생명체가 끊임없이 변화하고 성숙하는 힘을 '엘랑 비탈(élan vital)'이라고 불렀다. 그는 『창조적 진화』에서 "모든 생명계와 인간의 삶은 진화한다. 이 진화는 내적 충동력인 엘랑 비탈, 곧 생명의 비약으로 이루어지는 창조적 진화다."라고 주장하였다. '약동하는 생명'을 뜻하는 엘랑 비탈은 진화를 추진하는 근본적인 힘을 말한다. 베르그송에 따르면 세계의 본질은 바로 생명의 창조적 진화에 있다. 그는 이 개념을 통해 그동안 수동적인 위치에 놓여 있던 생명체의 위상을 능동적이고 역동적인 위치로 바꾸어 놓는 데 크게 이바지하였다.

더구나 베르그송은 창조적 진화 이론을 바탕으로 종교와 도덕, 사회를 새로운 시각으로 바라보았다. 이러한 새로운 견해는 그가 『창조적 진화』의 연장선에서 이 책보다 25년 뒤에 출간한 『도덕과 종교의 두 원천』에 잘 드러나 있다. 그는 종교가 교리나 형식에 얽매여 정적(靜的)인 것이 될 때는 오히려 사회의 발전을 저해하게 된다고 지적했다. 종교는 동적(動

的)인 힘을 지닐 때 비로소 그 사회를 발전시킬 수 있다. 베르그송은 시대에 따라 변화하는 개방적 종교가 필연적으로 살아남게 된다고 역설했다. 도덕이나 윤리도 종교와 마찬가지로 유기체처럼 항상 움직이고 계속 변화할 때 역동적인 힘이 생긴다고 주장하였다. 사회에 대한 견해에서도 베르그송은 고정되고 닫힌 '폐쇄된 사회'보다는 항상 변화하고 움직이는 '열린 사회'를 지향할 것을 주창했다. 요즈음 '열린 사회'라는 용어가 뭇 사람의 입에 오르내리고 있지만, 『열린 사회와 그 적들』을 집필하면서 칼 포퍼 역시 그 제목을 베르그송의 용어에서 빌려 왔다.

『그리스인 조르바』에서 주인공 알렉시스 조르바는 여러모로 베르그송이 말하는 '엘랑 비탈'의 정수이자 화신이라고 할 수 있다. 조르바는 아무리 큰 시련과 고통이 닥쳐와도 좀처럼 좌절하지 않고 끊임없이 '창조적으로 진화해' 나가는 인물이다. 그는 아무리 쓰러뜨려도 다시 일어서는 오뚝이와 같다. 20세기 소설의 작중 인물 중에서 그처럼 호탕하게 삶의 긍정하는 인물은 찾아보기 어려울 것이다. 이 점에서 그는 자리에 앉기만 하면 책을 꺼내 읽거나 글을 쓰거나 담배를 피우면서 "손가락 사이로 소중한 시간의 모래가 떨어지도록 그냥 내버려 두는" 화자와는 적잖이 차이가 난다. 화자는 "우리 세대는 너무 잘난 탓에 여자를 사랑하는 것과 사랑에 관한 좋은 책을 읽는 것 중 하나를 선택하라면, 나는 책을 선택할 정도였다."라고 고백할 정도다. 이러한 화자에게 조르바는 책을 무더기로 쌓아 놓고 불을 질러 버리라고 말한다. 그러면서 화자는 바보가 아니니 그리고 나면 무엇이든지 해낼 수 있을 것이라고 지적한다. 조르바의 관점에서 보면 남의 생각과 사상을 기록해 놓은 책이야말로 개인의 창조적 진화를 가로막는 장애물이기 때문이다. 이 말을 듣자 화자는 화를 내기는커녕 속으로 조르바의 말에 일리가 있다고 수긍한다.

조르바가 우주의 삼라만상을 마치 처음 바라보는 것처럼 신선하게 대하는 것도 따지고 보면 창조적 진화를 받아들이기 때문이다. 화자는 어린아이처럼 순수한 시선으로 사물을 바라보는 조르바를 바라보며 그저 감탄할 뿐이다. 한번은 해변 오두막 밖에 앉아 포도주를 마시고 있을 때 조르바가 갑자기 놀란 표정을 지으며 화자 쪽으로 고개를 돌리며 이렇게 말한다.

"그런데 말이오, 보스 양반, 이 빨간 물이 도대체 뭐요? ─ 말해 줄 수 있겠소? 늙은 그루터기에서도 싹이 나오고 거기에 시큼한 물체가 열려요. 그리고 시간이 흘러 햇빛에 잘 구워지면 꿀처럼 단내가 나는 거요. 그걸 우리가 포도라고 부르잖아요. 그걸 따다가 발로 밟아 즙을 내서 나무통에 담아요. 그 즙이 통 안에서 저절로 끓어오르다가 우리가 술주정뱅이 성인인 성 게오르기오스 축제일(11월 3일)이 되어 통을 열어 따르면 펑펑 포도주가 나오지 뭡니까! 이 무슨 기적이란 말이오?"

이 말을 듣고 화자는 아무런 대꾸도 하지 않지만 속으로는 무척 큰 감동을 받는다. 그는 조르바의 이야기를 듣고 있노라면 세상이 다시 숫처녀처럼 순결해지는 것 같다고 고백한다. 그리고 "물도 여자도 별도 빵도 신비스럽고 원시적인 근원으로 되돌아갔다. 그리고 하늘에서는 신성한 바퀴에 회전의 탄력이 붙었다."라고 생각한다.

화자는 포도나무에 열린 포도를 따다 포도주를 만드는 과정을 말하는, 얼핏 대수롭지 않아 보이는 조르바의 말에 왜 그토록 감동하는 것일까? 조르바는 포도주가 만들어지는 과정을 말하고 있지만 실제로는 '삶의 약동' 또는 '생명의 비약'을 말하고 있기 때문이다. 그런데 이렇게 생명을 지닌 능동적이고 근원적인 힘은 비단 포도나무 같은 식물에만 국한되지 않는다. 이 점에서는 만물의 영장이라는 인간도 마찬가지고, 오히려 엘랑 비탈은 인간에 이르러 가장 완숙한 단계를 보여 준다고 할 수 있다. 베르그송은 서로 다른 종(種)들이 저마다 진화의 노선에서는 차이가 있을지 모르지만 진화라는 동일한 목표를 향하여 매진한다는 점에서는 같다고 지적하였다. 이렇게 동일한 목표를 향하여 매진하면서 궁극적으로 그 목표를 달성할 수 있는 것은 그들이 지니고 있는 근원적 에너지가 동일하기 때문이다. 베르그송에게 생명이 진화하는 가운데 발생하는 질적 비약이 곧 창조이듯이 조르바에게도 자신의 의지대로 살아가는 것이 곧 창조적 행위인 셈이다.

　카잔차키스는 조르바의 말과 행동을 통하여 도덕이나 윤리, 사회적 인습을 거부하는데, 여기서도 베르그송의 철학과 카잔차키스의 문학이 깊이 맞닿아 있음을 알 수 있다. 베르그송에 따르면 도덕이나 윤리는 방금 앞에서 조르바가 언급한 포도처럼 항상 움직이고 계속 변화해야 생명력을 유지할 수 있다. 물이 흐르지 않고 고여 있으면 썩듯이 도덕이나 윤리도 변하는 시대에 맞게 적응하지 못하면 화석처럼 딱딱하게 굳게 마련이다. 도덕이나 윤리가 경직되면 오히려 인간을 구속하는 족쇄가 된다.

　『그리스인 조르바』의 첫머리에서 뱃멀미에 시달리는 조

르바는 고물의 굵은 밧줄에 힘없이 올라앉은 채 레몬 향내를 쿵쿵 맡으면서도 옆에서 두 승객이 티격태격하는 소리를 열심히 엿듣고 있다. 한 승객은 왕정을, 다른 승객은 수상을 수반으로 하는 내각제를 지지한다. 두 승객이 정치 문제로 서로 다투는 소리를 듣고 조르바는 가소롭다는 듯이 고개를 가로저으며 침을 탁 뱉는다. 그리고 화자에게 그런 것들은 이미 한물간 정치 체제라고 말한다. 화자는 "조르바는 이미 그것을 초월한 사람이기 때문에 동시대의 현상이 이미 낡아 빠진 구시대의 현상으로밖에는 보이지 않았다. 그의 내면세계에서는 전보, 증기선, 철도, 현재 널리 퍼져 있는 도덕, 애국심, 종교는 분명 한물 지나간 퇴물이었다. 그의 정신은 누구보다도 시대를 앞서고 있었다."라고 생각한다.

조르바의 이러한 변화 정신은 작품의 후반부에 가서도 조금도 달라지지 않는다. 더구나 그는 이제 물질주의의 속박에서도 자유롭게 풀려난다. 조르바는 화자에게 "내 조국으로부터, 신부들로부터, 그리고 돈으로부터 해방되었소이다."라고 잘라 말한다. 그러면서 "난 지금 나 자신을 해방시키고, 한 인간으로 거듭 태어나고 있는 중이오."라고 고백한다. 어떤 의미에서는 고대 그리스 시대부터 지금까지 인간을 존재와 생성의 두 갈래로 나누는 것이 서구 철학의 중심 과제였다. 조르바는 말할 것도 없이 생성을 대변하는 대표적인 인물이다.

카잔차키스는 종교적인 면에서도 베르그송의 입장을 거의 그대로 받아들인다. 앞에서 언급했듯이 베르그송은 종교가 교리나 형식에 얽매여 역동적이 되지 못할 때 오히려 사회의 발전을 저해하는 요소가 된다고 지적하였다. 그가 닫힌 사회보다는 열린 사회를 중시했듯이 종교에서도 폐쇄적인 종교보다는 시대에 따라 변화하는 개방적인 종교를 선호하였다. 카잔차키스는 조르바를 통해 이러한 태도를 보여 주는데, 이는 소설 속 성모의 수도원과 관련한 사건과 일화에서 가장 잘 드러난다.

카잔차키스는 일찍이 1914년에 친구요 시인인 안젤로스 시켈리아노스와 함께 아토스산에 산재한 수도원을 방문했을 때 이미 폐쇄적인 종교가 사회에 어떠한 악영향을 끼치는지 깨달았다. 작가는 『그리스인 조르바』에서 이 경험을 살려 닫힌 종교의 폐해를 날카롭게 비판한다. 조르바는 화자에게 그동안 자신이 겪은 일들을 들려주면서 아토스산의 수도원에 대한 이야기를 해 준다. 조르바는 흔히 '성산(聖山)' 또는 '거룩한 산'으로 일컫는 아토스산에는 무려 스무 개가 넘는 수도원이 있고, 그 수도원에는 "엉덩이에 뒤룩뒤룩 살이 찐 기생충 같은 수도사들"이 살고 있다며 이야기를 시작한다. 세속에서 벗어나 정신 수양과 영혼의 고양에 힘써야 할 수도승들이 기생충처럼 뒤룩뒤룩 살이 쪘다는 것은 그만큼 타락했다는 의미다.

조르바는 화자에게 아토스산에서 키오스 출신의 라우렌티우스라는 수도승을 만난 이야기를 들려준다. 이 수도승은 자기 몸속에 '호자'라는 악마가 들어 있다고 믿는다. 세속의 일상사가 그리워질 때면 그는 호자가 성(聖) 금요일에 고기를 먹고 싶어 한다느니, 여자와 자고 싶어 한다느니, 사사건건 자신을 괴롭히는 수도원장을 죽여 버리고 싶어 한다느니 하고 떠들어 댄다. 이 괴짜 수도승은 교회 현관 돌계단에 머리를 찧으며 "내가 아니고, 호자가, 호자가 말이야!"라고 신음한다. 적지 않은 수도승들은 금욕 생활로 이렇게 비정상적인 상태가 되면서 괴물처럼 변한다. 이 모습을 본 조르바는 아토스 산에 오르기 전에 차라리 다리가 부러졌으면 좋았을 것이라 며 산에 오른 것을 몹시 후회한다. 조르바의 이야기를 듣고 보 면 '성산'이나 '거룩한 산'이라는 별명이 자못 아이러니컬하 게 느껴진다.

이렇게 세속적이고 타락했다는 점에서는 『그리스인 조르 바』에 등장하는 성모의 수도원도 크게 다르지 않다. 섬 남쪽 해변 산속에 위치한 수도원은 마을 사람들에게 정신적 지주 역할을 한다. 마을 사람들은 성탄절이나 부활절 같은 교회 축 제 때는 말할 것도 없고 어려운 일이 닥치면 으레 수도원을 찾 아가 성모 마리아상 앞에 촛불을 켜고 기도를 드린다. 그러나 조르바는 이 수도원을 사업 목적으로 이용할 계획을 세운다. 갱도를 버틸 목재가 필요한 그는 산꼭대기에서 해변까지 고 가 케이블을 설치하여 목재를 운반하고 남은 목재는 건축용 목재로 팔아 이익을 남길 생각이다. 물론 그러기 위해서는 이 소나무 숲의 소유주인 수도원으로부터 허가를 받아야 한다.

조르바는 화자와 함께 벌목 허가 문제로 수도원장을 만나 기 위하여 수도원에 가는 도중 자하리아스라는 수도승을 만 난다. 그런데 이 수도승은 조르바가 옛날 아토스산에서 만난 라우렌티우스 수사와 여러모로 비슷하다. 라우렌티우스의 몸 속에 호자라는 악마가 들어 있듯이 자하리아스의 몸속에도 요셉이라는 악마가 살고 있다. 자하리아스는 세속적인 일에 탐닉하고 싶을 때면 자신이 그렇게 하는 것이 아니라 어디까 지나 악마 요셉이 하는 짓이라고 둘러댄다.

자하리아스는 조르바와 화자가 수도원을 찾아간다는 말 을 듣자마자 마을로 돌아가라고 조언한다. 그러면서 그들이

찾아가는 수도원은 "성모의 정원이 아니라 사탄의 정원"이라
고 잘라 말한다. 그는 "가난, 순종, 정절이 수도승의 월계관이
라고들 하지요. 그건 거짓말이오! 새빨간 거짓말이란 말이오!
…… 돈, 사내아이들, 다음 수도원장은 누가 될지, 이 세 가지
가 바로 수도승들의 삼위일체요!"라고 내뱉는다. 이러한 수도
원의 현실에 절망한 자하리아스 수사는 짐을 싸들고 수도원
을 떠나는 중이었다.

　　수도원에 도착한 조르바와 화자는 자하리아스의 말이 거
짓이 아니라는 사실을 깨닫는다. 자하리아스가 소금에 절인
대구와 코냑과 담배를 좋아하듯이 수도원의 다른 수도승들은
조르바와 화자에게 신문을 가져왔느냐고 묻고, 수도원에 신
문이 왜 필요하냐고 묻자 신문을 읽어야 세상 돌아가는 꼴을
알 수 있지 않겠냐고 화가 난 듯이 소리친다. 화자는 접객실에
서 수도승들과 대화를 나누는 동안 "교활한 눈들과 만족할 줄
모르는 입술들. 턱수염과 콧수염, 흥분한 숫염소에게서 나는
악취가 그들의 겨드랑이에서 물씬 풍겼다."라고 말한다. 조르
바도 수도원의 수도승들을 언급할 때면 "배불뚝이 사제들"이
라는 표현을 즐겨 사용한다.

　　그러나 무엇보다도 조르바가 이 수도원에서 분노를 느끼
는 것은 도메티오스 수사와 가브리엘 수사의 동성애다. 두 신
부의 관계를 눈치챈 조르바는 금방이라도 토할 것처럼 역겨
워한다. "맙소사, 뭐 이런 놈들이 다 있소? …… 사내놈들도
아니고 계집들도 아니고 말이야. 그래, 노새 새끼들이구먼!
지옥에나 어울릴 망할 놈들!" 조르바는 화를 식히려고 차가운
물에 머리를 집어넣으면서 계속 저주를 퍼붓는다. "놈들마다
몸 안에 악마를 하나씩 품고 있소. 이놈은 계집을 원하고, 이

놈은 소금에 절인 대구를 원하고, 이놈은 돈을 원하고, 또 이 놈은 신문을 원해요. 오, 저런 멍청한 놈들을 봤나! 저놈들 대 갈통 속을 씻어 내려면 속세로 내려와서 원하는 걸 신물 나게 진탕 누려 봐야 하오." 조르바가 마침내 자하리스를 부추겨 수도원에 불을 지르게 하는 까닭도 수도원이 빛과 소금 역할 을 하지 못하기 때문이다.

수도원을 방문하고 돌아온 이튿날 아침 조르바는 화자에 게 커피를 따라 주며 수도원장 자리는 자신이 적격이라고 말 한다. 그러면서 자신이 수도원장이 되면 수도원을 "기적을 만 드는 공장"으로 만들 것이라는 포부를 밝힌다. 실제로 화자는 오래전부터 종래의 수도원과는 전혀 다른 새로운 형태의 수 도원을 세우고 싶다는 원대한 꿈을 품어 왔다. 그가 꿈꾸는 수 도원은 "하느님도 없고 악마도 없이 오직 자유로운 인간만 있 는"곳이다. 화자는 조르바에게 새로운 수도원에서 성 베드로 처럼 문지기가 되어 달라고 부탁한다.『그리스인 조르바』의 수도원을 둘러싼 사건에서는 종교가 세속과 담을 쌓고 폐쇄 적인 도그마로 전락할 때 어떠한 결과를 낳는지 여실히 엿볼 수 있다.

5 후도신과 아타락시아

카잔차키스가 젊은 시절부터 불교를 비롯한 동양 사상과 종교에 심취했다는 것은 이미 잘 알려진 사실이다. 겉으로 드 러나 있지 않아서 자칫 놓치기 쉽지만『그리스인 조르바』에 도 카잔차키스가 동양 철학과 사상에서 받은 영향이 반영되어 있다. 작품 전반부에서 화자가 심취해 있는 불교는 접어 두고라도 유가(儒家)와 도가(道家) 철학, 심지어 한국의 원효(元曉) 사상도 엿볼 수 있다. 카잔차키스가 일본과 중국을 두 차례나 여행한 것은 단순히 동양의 문화를 접하여 견문을 넓히고 정치 제도를 경험하기 위한 것만은 아니었다. 그에게 동아시아 여행은 정신적 모험이요 영혼의 순례였다. 이 여행에서 카잔차키스는 중국과 일본, 한국 같은 동아시아의 철학과 종교를 호흡할 수 있었고, 이는 곧 작품 속에 녹아들었다.

　카잔차키스는 『그리스인 조르바』의 첫머리에서 화자의 친구 스타브리다키스의 입을 빌려 '후도신(不動心)'이라는 단어를 소개한다. 카잔차키스는 일본으로 가는 배 안에서 이 말을 처음 배웠고, 그 의미에 큰 감동을 받았다. 스타브리다키스는 화자의 말대로 "세련되고 빈정거리는 냉소적인 문명인"으로, 말하자면 행동하는 양심이었다. 그는 이국땅에서 고통받는 그리스 동포를 구출하기 위하여 위험을 무릅쓰고 캅카스로 떠난다. 한편 화자는 친구의 말대로 여전히 "종이와 먹물에 파묻혀" 살고 있는 창백한 지식인이다. 화자는 항구 카페에 앉아 바로 이곳에서 스타브리다키스를 캅카스로 혼자 떠나보낸 일을 떠올리며 상념에 잠겨 있다. 그날 화자는 친구의 손을 꼭 붙잡고 놓아주지 않으려 했고, 친구는 당황한 표정으로 그를 쳐다보며 이렇게 말했던 것이다.

　"가슴이 찡해 그러는가?" 친구가 웃으려고 애쓰며 물었다.
　"그렇다네." 내가 차분하게 대답했다.
　"왜? 우린 서로 동의하지 않았던가? 벌써 몇 해째 이 점에 의견의 일치를 보지 않았냔 말이야? 자네가 사랑해 마지않는 일본인들이 그걸 뭐라 부르지? 후도신! 평정심, 냉정, 가면은 방긋 웃고 있지만 조금도 움직이지 않는 얼굴 표정 말이야. 가면 뒤에서 무슨 일이 일어나던 그건 각자의 몫이지."

여기서 '후도신'이란 중국이나 한국에서는 그냥 글자 그대로 '부동심'의 의미로 받아들이지만 일본 문화에서는 좀 더 특별한 의미로 사용한다. 평정심에 가까운 이 개념은 어떤 것에도 흔들리거나 마음이 흐트러지지 않는 평온한 정신 상태를 가리킬 수도 있고, 온갖 변화하는 상황에 대처하는 유연한 정신 상태를 가리킬 수도 있다. 정확히 말하자면 후도신은 일본의 선불교, 특히 좌선(坐禪)에서 필수적인 철학적·정신적 차원의 용어다. 한편 이 용어는 일본의 무술, 특히 무도(武道)와도 깊이 연관되어 있다. 후도신은 일본 봉건 시대에 무용과 굳은 결의를 보여 주는 사무라이 정신에서도 엿볼 수 있다. 가령 16세기에 활약한 유명한 사무라이 쓰카하라 보쿠덴(塚原卜伝)은 "기술이 아니라 정신적 평정이 곧 성숙한 사무라이의 표지다. 그러므로 사무라이는 뽐내거나 거만해서는 안 된다."라고 말했다.

카잔차키스가 말하는 후도신은 여러모로 그리스인들이 자주 사용하는 '아타락시아(ataraxia)' 개념과 비슷하다. 이 개념은 고대 그리스 철학자 피론이 처음 사용한 뒤 그 뒤를 이어 에피쿠로스가 사용한 것으로 알려져 있다. 피론은 모든 판단을 보류하여 무심한 마음의 평정을 얻어야 한다는 이론의 바탕 위에 회의주의 철학의 집을 세웠다. 에피쿠로스는 흔히 알려진 대로 쾌락주의나 향락주의를 설파한 철학자다. 그러나 에피쿠로스에게 철학의 궁극적인 목적은 단순히 쾌락을 즐기는 것이 아니라 인간이 행복하고 평온한 삶을 얻는 데 있었다. 그가 말하는 행복하고 평온한 삶은 평정, 평화, 무통(無痛), 공포로부터의 자유에서 오는 것이었다.

6 유가 철학과 『그리스인 조르바』

니코스 카잔차키스는 『그리스인 조르바』를 집필하면서 공자나 맹자를 비롯한 유가 철학이나 사상에서 영향을 받았다. 스타브리다키스는 화자에게 보내는 편지에서 『논어』의 한 구절을 인용한다. "많은 사람들은 인간보다 더 높은 곳에서 행복을 찾으려 한다. 다른 사람들은 그보다 더 낮은 곳에서 행복을 찾으려 한다. 하지만 행복이란 오로지 인간과 같은 높이에 있다."라는 구절이 그것이다. 그러나 『논어』 원전에서는 이러한 문장을 좀처럼 찾아볼 수 없다. 영어나 다른 서양어로 번역한 역자가 한 문장을 상당히 의역해 놓았다는 혐의를 지울 수 없다. 서양 독자들이 『논어』의 문장이나 구절이라고 알고 있는 것 중에서 어떤 것은 아예 원문에 없거나 너무 의역해 놓아 원문을 찾을 수 없는 경우가 더러 있다. 스타브리다키스가 인용하는 문장도 그중의 하나다.

공자에 대한 카잔차키스의 관심은 『그리스인 조르바』를 집필하기 훨씬 이전으로 거슬러 올라간다. 1930년대 중엽 카잔차키스는 프랑스어로 『바위 정원』이라는 소설을 집필하였다. 쿨리앙기라는 작중 인물이 다른 작중 인물에게 불교 신자인지 묻자 "네, 조금은 불교신자라고 할 수 있죠. 하지만 나는 또한 공자님을 존경합니다."라고 대답한다. 그러면서 "활동적이든 관조적이든 붓다나 공자를 같은 얼굴을 감춘 두 가면, 즉 도(道)라고 늘 간주해 왔죠."라고 덧붙여 말한다.

카잔차키스는 『그리스인 조르바』의 6장에서 조르바의 말과 행동을 빌려 인간의 언어가 의사소통하는 데 얼마나 불완전한 매체인지 지적한다. 러시아에서 지낼 때 있었던 일을 언급하며 조르바는 화자에게 인간은 말로써 의사를 전달하지 못할 때는 손과 발로 전달했는데 인간이 퇴보하여 지금은 오직 입으로만 의사를 전달할 수 있다고 불평을 늘어놓는다. 조르바는 "빌어먹을, 사람들이 지금껏 지독하게 타락해 왔거든. 그들은 몸뚱이를 내다 버린 거요. 그래서 어리벙벙해진 거요. 주둥이로 지껄이는 짓밖에 할 줄 모른다니까. 하지만 주둥이로 정말 하고 싶은 말을 할 수 있습디까? 무슨 말을 하겠어?"라고 내뱉는다.

조르바의 이 말에서 공자가 『주역』에서 한 말이 떠오른다. 공자는 「계사전(繫辭傳) 상」에서 "글로는 말을 다할 수 없고, 말로는 뜻을 다할 수 없으며, 그러한즉 성인의 뜻을 가히 볼 수 없단 말인가."라고 말하였다. 공자나 카잔차키스에게 인간의 언어란 의사소통의 도구로 불충분할뿐더러 믿을 만한 도구가 되지도 못한다. 최근 포스트모더니즘이나 포스트 구조주의에 이르러 그 어느 때보다 언어의 힘에 대한 회의나 불신이 널리 퍼져 있다. 그런데 언어에 대한 회의나 불신은 포스트모더니즘이 생겨난 1960년대보다 앞서, 이미 오래전에 시작되었다고 할 수 있다.

더구나 『그리스인 조르바』에서 스타브리다키스는 화자에게 보내는 편지에서 "훌륭한 선생이라도 이보다 더한 보상을 바랄 순 없을 걸세. 청출어람(靑出於藍), 즉 학생을 자신보다 더 훌륭한 사람으로 키워내는 것 말일세."라고 말한다. 스타브리다키스가 의도하는 뜻은 훌륭한 스승이라면 자신보다 더 훌륭한 제자를 키워 내는 것보다 더 기쁜 일이 없을 거라는 것이다.『논어』에서 공손추(公孫丑)는 공자의 수제자인 자공(子貢)에게 스승은 누구에게서 학문을 배웠느냐고 묻는다. 그러자 자공은 "스승은 배우지 않은 자가 없다. 성인에게 어디 한 스승만이 있었겠느냐?"라고 반문한다. 한마디로 공자는 남녀노소나 신분의 귀천을 가리지 않고 아무한테서나 기꺼이 배웠다는 말이다.

앞에서 인용한 문장의 '청출어람'이라는 사자성어에서도 알 수 있듯이 후대의 순자는 공자보다 한발 더 나아가 제자가 스승보다 더 뛰어날 수 있다고 지적하였다.『순자』의「권학편(勸學篇)」에는 "靑取之於藍而靑於藍 氷水爲之而寒於水"라는 구절이 나온다. 푸른색은 쪽에서 취했지만 쪽빛보다 더 푸르고, 얼음은 물이 이루었지만 물보다도 더 차다는 뜻이다. 중국 북조(北朝) 북위(北魏)의 이밀(李謐)이 어려서 공번(孔璠)을 스승으로 삼아 학문을 배웠는데 학문의 발전 속도가 매우 빠르고 열심히 노력해서 몇 년 뒤에는 스승의 학문을 능가하게 되었다. 이때 공번이 이제 더 이밀에게 가르칠 것이 없다고 생각하여 오히려 이밀에게 자신의 스승이 되어 주기를 청했다고 한다. 이에 공번의 친구들은 공번의 용기에 감탄하고 또한 훌륭한 제자를 두었다고 칭찬했다는 일화에서 유래한 고사성어가 바로 청출어람이다.

이왕 스승과 제자의 이야기가 나왔으니 말이지만 카잔차키스는 훌륭한 스승이란 제자에게 다리 역할을 하는 사람이라고 밝힌 적이 있다. "진정한 스승은 자신을 다리로 사용하

는 사람이다. 제자들이 그 다리를 건너도록 권고한다. 그러고
나서 그들을 무사히 건네준 뒤 자신은 즐거운 마음으로 무너
져 버려 제자들이 스스로 자신들의 다리를 짓도록 격려하는
사람이다."교육학 분야에서 자주 인용하는 구절이다.

　　카잔차키스는 『그리스인 조르바』에서 공자와 순자에 이
어 맹자에게서도 영향을 받았음을 드러낸다. 이는 화자가 새
해를 맞아 해변 바위 위에 앉아 아름다운 바다를 바라보며 새
해를 설계하는 장면에서 드러난다. 화자는 새해 설계를 하던
중에 문득 몇 해 전 어느 날 새벽 우연히 소나무에 붙어 있던
나비 고치를 죽게 만든 일을 떠올린다.

　　껍질을 깨뜨리면서 내면의 영혼이 막 모습을 드러내려던 순간
이었다. 나는 기다리고 또 기다렸다. 하지만 너무 느려서 조바심이
났다. 그래서 허리를 숙이고 숨결로 온기를 불어넣었다. 끈질기게
그것에 온기를 불어넣자 마침내 기적이 일어나 고치가 내 눈앞에
서 부자연스러운 속도로 열리기 시작했다. 껍질이 완전히 열리고
나비가 나왔다. …… 날개는 안쪽으로 말릴 뿐 밖으로 펴지지 않았
다. 콩알만 한 몸뚱이 전체가 날개를 바깥으로 펼치려고 몸부림쳤
다. 그러나 헛수고였다. …… 그것은 햇빛을 받으며 천천히 무르익
어 날개를 펴야 했던 것이다. 하지만 너무 늦어 버렸다. 내 숨결 때
문에 나비는 구겨지고 미성숙한 채 미리 바깥으로 나올 수밖에 없
었다. 미처 자라지 못하고 나온 나비는 필사적으로 몸을 떨더니 곧
내 손바닥에서 죽어 버렸다.

　　화자는 이 일로 씻을 수 없는 죄책감에 시달린다. 그는
"솜털처럼 가벼운 나비의 사체가 내 양심을 짓누르는 가장 무

거운 짐이 되었다."라고 고백한다. 화자는 그날 영원한 자연의 법칙을 재촉하는 것은 치명적인 죄라는 소중한 진리를 깨닫는다. 그러면서 인간은 영원불변하는 자연의 리듬에 따라 행동해야 한다고 생각한다. 또한 화자는 "내가 생명을 주려고 너무 서두르는 바람에 죽어 버리고 만 이 작디작은 나비가 늘내 앞에서 날며 내게 길을 보여 주도록 하자!"라고 굳게 다짐하기도 한다. 여기서 '길'이라고 옮겼지만 도가 철학에서 말하는 도(道), 즉 무위자연의 진리를 가리키는 것으로 보아도 크게 틀리지 않을 것 같다. 아니면 유가에서 말하는 인의(仁義)로 볼 수도 있을 것이다. 어느 쪽으로 보든 자연의 리듬이나 순리를 따르려는 동양 사상은 서양 철학의 존재론과는 다를 수밖에 없고, 이 대목은 카잔차키스가 동양 사상에 영향을 받았음을 보여 주는 또 다른 증거가 된다.

어떤 의미에서 화자는 지금 막 고치 안에서 세상 밖으로 나오려는 나비 애벌레일지도 모른다. 그렇다면 조르바는 과연 애벌레에게 인위적으로 따스한 숨결을 불어넣어 고치 밖으로 나오게 할 것인가, 아니면 자연의 리듬에 따라 스스로 나오도록 내버려 둘 것인가? 독자들이 이 작품을 읽으며 느끼는 재미 가운데 하나는 화자가 정신적으로 성장하는 데 조르바가 과연 어떠한 역할을 할 것인지 짐작해 보는 것이다.

아무튼 카잔차키스가 『그리스인 조르바』에 삽입한 이 일화는 『맹자』에서 영향을 받은 듯하다. 『맹자』의 「공손추 상」에는 맹자가 그의 제자이자 철학적 적대자라고 할 공손추와 호연지기(浩然之氣)를 두고 논쟁을 벌이는 장면이 나온다. 맹자는 공손추에게 호연지기를 키우려면 마음을 도의(道義)의 성장에 따라 서서히 키워 나가야 한다는 점을 가르치기 위하여 송(宋)나라 농부의 우화를 예로 든다. 흔히 '발묘조장(拔苗助長)'이라는 고사의 유래가 되는 대목이다.

송나라 때 어리석은 늙은 농부가 살고 있었다. 하루는 벼가 자라고 있는 논에 나갔는데 자기 논의 벼가 다른 논의 벼보다 덜 자라 키가 작아 보였다. 늙은 농부는 궁리 끝에 한창 올라오고 있는 벼 이삭을 전부 조금씩 뽑아 올려놓았다. 그러자 다른 논의 벼와 키가 비슷해졌다. 늙은 농부는 만족한 마음으로 집에 돌아와 식구들에게 자랑스럽게 말해 주었다. 이 말을 듣고 깜짝 놀란 식구들이 이튿날 아침 일찍 논에 가 보니 벼 이삭은 하얗게 말라 죽어 있었다.

맹자는 여기서 자연의 순리를 따르지 않고 억지스럽게 일을 저지르면 낭패를 당하기 쉽다는 진리를 가르친다. 아무리 급하다고 벼 이삭을 억지로 뽑아서 자라게 할 수는 없는 노릇이다. 공자도 제자에게 이와 비슷하게 "욕속즉부달(欲速則不達)", 즉 빨리 가려고 서둘다 보면 목적에 이르지 못한다고 말한 적이 있다. 카잔차키스는 나비 애벌레를 예로 들고, 맹자는 벼 이삭을 예로 들었지만 두 사람이 의도하는 바는 분명하다. 자연의 순리를 거스르지 않고 그 리듬에 따르는 것이 올바른 삶의 방식이라는 것이다.

7 도가 철학과 『그리스인 조르바』

니코스 카잔차키스는 『그리스인 조르바』를 집필하면서 유가 철학이나 사상에서 영향을 받았을 뿐만 아니라 도가 철학에서도 영향을 받았다. 이 소설의 6장에서 조르바는 화자로부터 갈탄 광산 사업이 어떤 의미에서는 한낱 핑곗거리에 지나지 않는다는 말을 듣고 무척 기뻐한다. 조르바는 그러지 않아도 광산 일이 잘 풀리지 않아 고심하고 있던 터였다. 조르바는 입을 떡 벌리고 서서 어떻게 이 엄청난 행운을 받아들여야 할지 모르는 것처럼 행동한다. 그러다가 갑자기 말뜻을 알아들은 듯이 화자에게 달려가 두 어깨를 꽉 붙잡으며 춤을 추자고 제안한다. 조르바는 덩실덩실 춤을 추다가 화자에게 옛날에 있었던 일을 들려준다.

"예전에 내 아들놈, 디미트라키스가 할키디키에서 죽었을 때도 난 일어나 춤을 췄어. 그때 내 친척들과 친구들은 내가 시신 앞에서 춤추는 꼴을 보고선 날 붙들려고 달려들었소. '조르바가 미쳤어!' 그렇게 소리치더군. 하지만 그 순간 춤을 추지 않았더라면, 난 가슴이 아파 정말로 미쳐 버렸을 거야. 죽은 아이는 내 첫아들이었고 겨우 세 살밖에 되지 않으니 견딜 수가 없었거든. 내가 지금 무슨 말을 하고 있는지 이해가 가오, 보스? 아니면 내가 얼토당토않은 소리를 해 대고 있는 거요?"

도가의 대표적인 경전 『장자』의 「지락편(至樂編)」에도 죽은 시체 앞에서 소리를 내어 울기는커녕 흥겹게 노래를 부르는 이야기가 나온다. 장주(莊周, 장자)의 아내가 죽어 혜자가 문상을 갔다. 그때 장주는 두 다리를 쭉 뻗고 앉아 질그릇을 두드리며 노래를 부르고 있었다. 이 모습을 본 혜자가 장주에게 "자네는 아내와 살면서 아이들을 기르고 이제 늙은 처지일세. 아내가 죽었는데 곡을 하지 않는 것도 너무한 일인데, 거기다 질그릇을 두드리며 노래까지 하다니 너무 심하지 않은 가?"라고 나무랐다. 그러자 장주는 태연하게 이렇게 대구하였다.

"그렇지 않네. 아내가 죽었을 때 나라고 어찌 슬퍼하는 마음이 없었겠나? 그러나 그 시작을 곰곰이 생각해 보았지. 본래 삶이란 게 없었을 뿐만 아니라 본래 형체도 없었네. 본래 삶이 없었을 뿐만 아니라 본래 형체도 없었던 것이지. 본래 형체만 없었던 것이 아니라 본래 기(氣)가 없었던 것이지. 그저 흐릿하고 어두운 속에 섞여 있다가 그것이 변하여 기가 되고, 기가 변하여 형체가 되었고, 형체가 변하여 삶이 되었지. 이제 다시 변해 죽음이 된 것인데, 이것은 마치 봄, 여름, 가을, 겨울 사철의 흐름과 비슷한 일. 아내는 지금 '큰 방'에 편안히 누워 있지. 내가 시끄럽게 따라가며 울고불고한다는 것은 스스로 운명을 모르는 일이라. 그래서 울기를 그만둔 것이네."

물론 조르바가 어린 아들이 죽었을 때 춤을 춘 것과 장주가 아내의 시체 앞에서 질그릇을 두드리며 노래를 부른 것은 조금 다른 행위일지도 모른다. 그러나 상황은 조금 다를지라도 이 두 일화가 의미하는 바는 근본적으로 서로 비슷하다. 두 사람은 사회적 관습이나 상식에서 크게 어긋난 행동을 했을 뿐 아니라 또한 삶과 죽음을 엄격히 구분 짓지 않으려고 했다. 장주는 「대종사편(大宗師編)」에서 '사생명야(死生命也)'라고 하여 삶과 죽음의 문제는 어디까지나 운명에 달려 있다고 하였다. 또한 죽음을 긍정적으로 생각하면서 죽음을 그렇게 두려워하지 말라고 가르쳤다. 죽음도 궁극적으로는 계절의 순

환처럼 자연의 변화 과정에 지나지 않기 때문이다.

적어도 이 점에서 조르바는 장주의 생각과 크게 다르지 않다. 마담 오르탕스가 죽은 뒤 조르바는 화자와 함께 마을을 떠나 해변 오두막으로 돌아간다. 묵묵히 발걸음을 옮기던 그는 마침내 화자에게 "나도 늘 죽음을 내려다보고 있소."라고 말한다. 그러면서 "죽음을 응시하지만 무섭진 않아요."라고 덧붙인다. 일곱 달 남짓 '조르바 학교'에서 삶의 교육을 받은 화자도 조금씩 죽음의 의미를 터득해 나간다. 그리하여 맨 마지막 장면에서 화자는 "죽음은 다정한 연인처럼, 나를 데리러 와 내가 일을 끝낼 때까지 구석에서 끈기 있게 기다려 주는 친구처럼 그렇게 내 삶 속으로 들어왔다."라고 말하기에 이른다. 그런가 하면 화자는 죽음이 "머리를 아찔하게 하는 향수처럼 우리 삶 속에 살며시 스며들" 때가 있다고 말하기도 한다.

그러고 보니 『그리스인 조르바』는 얼핏 새봄을 떠올리게 하는 경쾌한 분위기에도 불구하고 죽음을 맞이하는 인물이 의외로 많이 나온다. 20세기 작품 중에서 여러 형태의 죽음을 이 소설만큼 심도 있게 다루는 작품은 찾아보기 어려울 듯하다. 작게는 어느 새벽 화자가 입김을 불어넣어 때 이르게 죽게 만든 나비에서 조르바를 만나면서 뒤늦게 사랑의 진실을 깨달은 마담 오르탕스의 죽음에 이르기까지 작품 곳곳에 어두운 죽음의 그림자가 짙게 드리워져 있다. 짝사랑에 절망해 바닷속으로 뛰어드는 마을 청년 파블리스도, 그가 자살한 뒤 마을 사람들에게 잔인하게 살해당하는 젊은 미망인 소르멜리나도, 수도원에 불을 지른 뒤 해변에서 숨을 거두는 자하리아스 수사도 마찬가지다. 작품에 직접 등장하지는 않지만 화자의 회상과 편지를 통하여 자주 언급되는 스타브리다키스도,

화자가 작품 끝에서 "내 정신적 아버지"라고 부르는 알렉시스 조르바도 죽음을 맞이한다.

『그리스인 조르바』에는 카잔차키스가 『장자』의 영향을 받았음이 드러나는 또 다른 대목이 있다. 17장은 조르바가 화자와 함께 벌목 허가 문제로 성모의 수도원을 방문하는 장면을 다루고 있다. 여기서 조르바는 도메티오스라는 수도승이 가브리엘이라는 젊은 수도승과 동성애 관계라는 사실을 알고 몹시 분개한다. 두 수도승이 나타나 서로에게 눈짓을 하고 속삭이며 웃어 대자 조르바는 그만 화가 치밀어 화자에게 이렇게 내뱉는다. "역겨운 사악한 짓거리들! …… 도적 떼들 사이에도 도(道)가 있다고 했소. 그런데 수도승들 사이에선 어떻소? 이 도적 떼 사이에는 그런 도가 없소. 한번 보시오. 한 수도승 년이 다른 수도승 년의 눈알을 할퀴지 않소!" 그러면서 조르바는 계속하여 두 수도승을 "노새 놈들"이라고 매도한다.

그런데 "도적 떼들 사이에도 도가 있다."라는 조르바의 말은 『장자』 외편 「거협편(胠篋篇)」에 나오는 말이다. 이 대목은 도척이 이끄는 도적 무리 중 한 명이 척(跖)에게 묻고 척이 그에게 대답하는 형식으로 되어 있다. 먼저 무리 중 한 명이 척에게 "도둑에게도 또한 도가 있습니까?"라고 묻자 척이 이렇게 대답한다.

"어딘들 도가 없겠느냐? 무릇 방안에 감춰 둔 것을 대강 알아맞히는 것은 성(聖)이고, 남보다 먼저 들어가는 것은 용(勇)이고, 남보다 뒤에 나오는 것은 의(義)다. 가부(可否)를 아는 것은 지(知)이고, 고르게 나누어 갖는 것이 인(仁)이다. 이 다섯 가지를 갖추지 못하고 큰 도둑이 된 자는 천하에 없었다."

장주는 위 인용문 바로 다음에 "이렇게 살펴보면 착한 사람이 성인의 도를 얻지 못하면 스스로 서지 못하듯이, 도척도 성인의 도를 얻지 못했다면 그 도를 행하지 못했으리라."라고 덧붙인다. 앞서 '도'라고 번역한 조르바의 말은 『그리스인 조르바』의 영어 번역본에는 'honor'로 되어 있다. 하지만 기본적인 의미에서 『장자』에서 말하는 '도'와 크게 다르지 않다고 생각한다.

8 원효의 일심 사상과 조르바

니코스 카잔차키스는 『그리스인 조르바』를 집필하면서 한국의 고승 원효에게서도 영향을 받은 듯하다. 물론 카잔차키스가 원효의 저서를 직접 읽었다기보다는 다른 문헌에서 간접적으로 읽거나 다른 사람에게 전해 들었을 수도 있다. 카잔차키스는 지적 호기심이 무척 많은 사람이기에 그럴 가능성을 전혀 배제할 수 없다. 이 작품의 20장에서 조르바는 화자에게 믿음만 있으면 낡은 문짝에서 떼어 낸 나무 조각도 진짜 십자가가 될 수 있다고 말한다. 그러면서 조르바는 화자에게 자신의 할아버지가 문짝에서 떼어 뗀 나무 조각을 성지 순례에서 가지고 온 십자가라며 친구를 속여 넘긴 이야기를 들려준다.

"성지에서 마을에 돌아오자 아무짝에도 쓸모없는 염소 도둑 친구 하나가 할아버지에게 이렇게 말했소. '이봐, 자네 말이야, 성묘에 다녀왔으면 내 몫으로 진짜 십자가 나무 조각이라도 갖고 왔겠지!' 그러자 꾀가 많기로 둘째가라면 서러워하던 할배가 이렇게 대꾸했소. '나무 조각이라도 갖고 오지 않았냐고? 내 어찌 자네를 잊을 수 있겠나? 오늘밤 우리 집에 오게. 우리 집에 올 때 성수(聖水) 의식을 하도록 신부님을 모시고 오라고. 그러면 내 자네에게 그 십자가 나무 조각을 주지. 또 거룩한 행사를 위해 애저구이랑 포도주도 좀 갖고 오게.' 할배는 그날 저녁 집으로 가 벌레 먹은 문짝에서 쌀 한 톨만 한 조각을 도려내어 솜에 싸서 위쪽에 올리브 기름을 한두 방울 떨어뜨리고 기다렸지. …… 그 친구가 애저구이를 들고 신부님과 함께 나타나지 않았겠어. 신부님은 성복을 걸치고 성수 의식을 치렀어. 예수님에 못 박힌 진짜 십자가를 건네준 뒤 그들은 애저구이를 공략했지."

조르바에 따르면 할아버지의 친구는 십자가에 무릎을 꿇고 경의를 표한 뒤 목에 걸었고, 그 뒤로는 전혀 다른, 기독교식으로 말하자면 '다시 태어난' 새 사람이 되었다. 그 사람은 산속에 들어가 터키에 맞서 싸우는 무장한 기독교 의병에 가담했고, 터키 마을을 불태우고 총알이 빗발치는 곳을 뚫고 용감하게 달렸다. 이 일화를 들려주며 조르바는 화자에게 "세상 만사는 생각하기에 달려 있소."라고 잘라 말한다.

그런데 이 일화는 원효와 관련한 일화와 아주 비슷하다. 650년에 원효는 의상(義湘)과 함께 동아시아의 문화 중심지로 불교가 융성하던 당나라로 유학을 떠났다. 고구려 국경을 넘다가 그곳을 지키는 병졸들에게 잡혀 많은 괴로움을 겪고 다시 신라로 돌아왔다. 그러나 유학에 대한 의욕을 잠재울 수 없던 원효는 의상과 함께 몇 년 뒤 다시 구법(求法)의 길을 떠났다. 처음과는 달리 이번에는 바닷길로 가기로 하였다. 어느 날 이 두 사람은 그들이 배를 타기 위하여 항구에 이르렀을 때는 벌써 어둠이 깔린 데다가 갑자기 거친 비바람이 몰아치고 있었다. 하는 수 없이 두 사람은 오래된 무덤 옆에서 잠을 잤다. 원효는 한밤중에 목이 몹시 말라 물을 찾다가 잠결에 옆에 놓인 바가지 물을 달게 마시고 다시 잠에 곯아떨어졌다.

이튿날 아침에 원효가 일어나 보니 지난밤 꿀물처럼 달게 마신 물은 해골바가지에 고인 빗물이었다. 그는 갑자기 속이 메스꺼워 토하기 시작했다. 바로 그 순간 원효의 머릿속에 한 생각이 번갯불처럼 스쳐 갔다. 사물 자체에는 깨끗함도 더러움도 없고 모든 것은 오직 마음에 달려 있다는 깨우침이었다. 그는 "삼계(三界)가 오직 마음이요, 만법(萬法)은 오직 인식일 뿐이다. 마음밖에는 법이 없는데 어찌 따로 구할 것이 있으랴. 나는 당나라에 가지 않으리!"라고 되뇌면서 당나라가 아닌 신라를 향하여 발길을 돌렸다.

원효의 이 일화는 조르바의 할아버지 이야기와 여러모로 비슷하다. 원효가 달게 마신 해골바가지의 물도 생각하기에 따라서는 시원한 샘물일 될 수도 있듯이, 헌 문짝에서 떼어 낸 나무 조각이라도 성지에서 가져온 십자가라고 굳게 믿으면 진짜 십자가가 될 수 있다. 두 일화 모두 한마디로 세상만사는 생각하기 나름이라는 소중한 진리를 말해 주는 것이다.

4 『그리스인 조르바』와 실존주의

　어느 작가보다도 지적 호기심이 왕성하던 니코스 카잔차키스는 그가 태어나 자라난 19세기 말엽에서 20세기 초엽에 걸쳐 유럽을 풍미한 시대정신을 깊이 호흡하였다. 이 무렵 유럽을 휩쓴 사상은 실존주의였다. 한국에서는 그렇지 않지만 유럽이나 미국 같은 서양에서는 카잔차키스를 문학가 못지않게 철학가로 간주하곤 한다. 만약 그를 철학가로 간주한다면 그에게는 실존주의자라는 꼬리표가 가장 잘 어울릴 것이다. 물론 실존주의자치고 자신이 그러한 이름으로 범주화되는 것을 기꺼워하는 사람은 거의 없다시피 하다.

　카잔차키스의 여러 작품 중에서도 실존주의적인 세계관이 가장 극적으로 표현되어 있는 작품은 그의 대표작 『그리스인 조르바』와 『신의 구원자들』이다. 특히 전자에서 카잔차키스의 실존주의적 삶의 태도가 가장 잘 드러난다. 이 소설의 1인칭 화자 '나'는 '조르바 학교'에서 소중한 인생철학을 배운다. 화자가 배우는 인생철학은 한마디로 '조르바주의(Zorbatism)'라고 요약할 수 있다.

1 조르바주의와 실존주의

조르바주의의 뿌리를 거슬러 올라가다 보면 실존주의와 만나게 된다. 『그리스인 조르바』의 화자는 '조르바 학교'에서 실존주의적 세계관을 배우며 조금씩 삶의 태도를 바꾸어 간다. 카잔차키스는 프리드리히 니체나 앙리 베르그송에게 많은 것을 배웠지만, 『그리스인 조르바』를 좀 더 자세히 뜯어보면 장폴 사르트르나 알베르 카뮈 같은 실존주의자들에게서 강한 사상적 세례를 받았음을 알 수 있다. 이 소설을 읽고 있노라면 사르트르와 카뮈 말고도 덴마크의 철학자 쇠렌 키르케고르와 독일의 현상학자 마르틴 하이데거 같은 다른 실존주의자들의 그림자도 자주 어른거린다.

그런데 여기서 한 가지 짚고 넘어가야 할 것은 실존주의란 추상적이고 거창한 체계적인 철학 이론이 아니라 어디까지나 삶에 대한 구체적인 태도를 지칭하는 편리한 꼬리표에 지나지 않는다는 점이다. 인류 역사에서 일찍이 그 유례를 찾아볼 수 없이 잔혹했던 1차 세계 대전을 비롯하여 공산주의, 파시즘, 나치즘 등을 겪고 난 뒤 서유럽의 일부 지식인들과 예술가들은 계몽주의 시대부터 신처럼 떠받들던 이성과 합리주의에 깊은 회의를 품고 삶의 의미를 다시 한번 검토하기 시작하였다. 지난 2000여 년 동안 높다랗게 쌓아 올린 문명의 성(城)을 하루아침에 잿더미로 만든 것이 바로 그들이 그토록 중시하던 도구적 이성과 합리성이었기 때문이다. 기존의 전통적 철학이나 이론으로는 그들이 가까스로 빠져나온 가공할 만한 두 차례의 세계 대전을 도저히 설명할 수 없었다.

일부 지식인들과 예술가들은 이성과 합리주의와 경험주

의를 반성하여 새롭게 생각해 낸 삶의 태도를 뭉뚱그려 '실존주의'라고 불렀다. 사르트르가 일찍이 실존주의를 '철학적 파편'이라고 부른 까닭도 바로 여기에 있다. 실존주의는 먹물 냄새 풍기는 추상적 명제가 아니라 땀 냄새 물씬 풍기는 구체적이고 극적인 삶에 대한 견해이자 태도이기 때문이다. 실존주의는 이렇게 구체적이고 극적인 경험을 다루기 때문에 사르트르나 카뮈를 비롯한 실존주의자들은 문학의 형식을 빌려 자신들의 주장과 태도를 표현하려고 하였다. 말하자면 실존주의와 문학은 서로 호흡이 잘 맞는 성악가 듀오 같다. 그래서 『그리스인 조르바』를 읽다 보면 사르트르의 『벽』의 주인공 파블로나 알베르 카뮈의 『이방인』의 주인공 뫼르소의 모습이 떠오른다.

2 비극적 인간 조건

니코스 카잔차키스는 『그리스인 조르바』에서 어떻게 실존주의적 삶의 태도를 표현하고 있는가? 그가 이 소설에서 형상화하는 실존주의적 세계관을 어디서 찾을 수 있을까? 카잔차키스는 먼저 조르바의 말과 행동을 통하여 인간의 삶이란 죽음을 전제로 한 비극적 실체라는 사실을 지적한다. 독일의 사회학자 울리히 벡은 『위험 사회』에서 환경 위기의 심각성을 환기시키면서 "가난에는 계급이 있지만 공해는 민주적이다."라고 말한 적이 있다. 이 말을 조금 비틀면 죽음만큼 민주적인 것도 없을 터다. 돈 많은 재벌이든 경제적으로 어려운 사회적 약자든 죽음은 모든 사람에게 공평하게 찾아오는 현실이다.

마르틴 하이데거는 일찍이 이렇게 죽을 수밖에 없는 비극적 인간 조건을 '죽음을 향한 존재(Sein zum Tode)'라고 불렀다. 그에 따르면 인간이 태어나 살아가는 삶의 과정은 '죽음을 향한 행진'이라고 할 수 있다. 인간은 어머니의 배 속에서 이 세상에 태어나는 바로 그 순간부터 무덤을 향해 한 걸음 한 걸음 발을 내딛기 시작하기 때문이다. 달리 말하면 산다는 것은 곧 죽어 가는 과정과 다르지 않다는 것이다.

『그리스인 조르바』에서 갱목으로 사용할 목재를 실어 나를 고가 케이블이 무너지면서 갈탄 광산과 벌목 사업이 완전히 실패로 돌아간 뒤 조르바와 화자는 해변 오두막에서 '최후의 만찬'을 즐긴다. 이 상징적인 식사 자리에서 화자는 불에 구운 양고기를 뜯어먹고 난 뒤 조르바에게 양의 등에서 점괘를 보아 달라고 부탁한다. 그러자 조르바는 점괘가 아주 좋다고 말하면서 긴 여행을 떠날 점괘가 보인다고 밝힌다. "여행 종착지에 문이 많은 저택이 하나 놓여 있습니다. 보스, 이건 어떤 도시 같소. 아니면 전에 우리가 말한 대로, 내가 문지기로 있으면서 밀수라도 해먹을 수도원인지도 모르오." 이 말을 듣고 난 화자는 "문이 많이 있다는 그 저택이 뭣인지 가르쳐 드리리다. 그건 무덤이 가득한 대지입니다. 그게 바로 긴 여행의 종착지이지요."라고 설명한다. 인생은 한낱 여행에 지나지 않으며 그 여행의 끝에는 죽음이 기다리고 있다는 사실을 웅변적으로 말해 주는 대목이다.

카잔차키스는 인간의 비극적 인간 조건을 좀 더 생생하게, 극적으로 묘사하기 위하여 조르바의 입을 빌려 인간이란 한 줌의 흙과 같은 존재라고 말한다. 한마디로 인간은 흙이되

희로애락의 감정을 지닌 흙이라는 것이다.

"한 줌의 흙이로구나. 배고파할 줄도 알고, 웃을 줄도 알고, 포옹도 할 줄 아는 흙덩이로다. 울 줄도 아는 한 덩어리 흙. 그런데 지금은 어떻게 됐는가? 도대체 어느 놈이 우리를 이 땅에 데려다 놓고, 또 도대체 어느 놈이 우리를 이 땅에서 데려가는가?"

여기서 인간 실존과 관련하여 카잔차키스나 조르바가 말하는 흙은 기독교에서 말하는 흙과는 사뭇 차원이 다르다. 구약 성서 「창세기」에는 "주 하나님이 땅의 흙으로 사람을 지으시고, 그의 코에 생명의 기운을 불어넣으시니, 사람이 생명체가 되었다."(2장 7절)라고 기록되어 있다. 실제로 인류의 시조 '아담'이라는 이름은 본디 '붉은 것'과 '흙' 또는 '땅'을 뜻하였다. 사람은 흙으로 창조되었고 흙이나 땅의 빛깔이 붉기 때문에 그러한 이름이 붙었다. 그래서 '아담'을 '흙으로 창조한 피조물'로 번역해야 한다고 주장하는 외국 신학자도 있다. 즉 아담이라는 용어는 성의 구분이 없는 보편적인 인간이라는 것이다. 사람이 흙이나 티끌로 지어졌다는 것은 곧 사람이 그 존재 자체가 매우 보잘것없다는 것을 뜻한다. 그러나 하느님의 형상으로 빚어진 인간은 만물의 영장이고 구원을 받을 수 있다는 소망을 지녔다.

그러나 "한 줌의 흙이로구나."라는 조르바가 말에서 그러한 소망은 아무리 눈을 씻고 찾아도 없다. 물기가 남아 있는 동안만 잠깐 존재하다가 물기가 사라지고 나면 먼지처럼 흩어져 사라지고 마는 존재가 바로 인간이다. 웃음도 눈물도 배고픔도 포옹도 흙에 물기가 남아 있기에 가능한 것일 뿐 물기가 사라지고 나면 모두 없어진다. 방금 앞에서 인용한 조르바의 말 중에서 "그런데 (그 흙이) 지금은 어떻게 됐는가?"라고 묻는 까닭이 여기에 있다.

더구나 조르바에게 인간의 몸은 벌레가 득실거리는 집과 같다. 마담 오르탕스의 임종을 지켜보는 조르바는 죽은 지 얼마 되지 않았는데도 그녀의 얼굴이 누렇게 뜨고 파리 떼로 뒤덮이는 모습을 바라보며 인간 실존을 다시 한 번 뼈저리게 느낀다. 불과 얼마 전까지만 해도 조르바와 결혼한다는 희망에 잔뜩 가슴이 부풀어 있던 그녀가 아니던가. 결혼식 때 입을 웨딩드레스와 화환, 그리고 특별히 주문한 구두가 아직 도착하지 않았다고 얼마나 화자에게 투정을 부렸던가. 그런데 지금 마담 오르탕스의 얼굴에는 파리 떼가 득실거리고 있는 것이다.

어느 날 조르바는 화자에게 젊은 시절 조국 그리스를 지키기 위하여 적대국인 불가리아와 목숨을 바쳐 싸운 일을 들려준다. 그러나 조르바는 뒷날 이 모든 일이 부질없는 일이었다는 사실을 깨달았다고 말한다. 한 인간이 그리스인인지 불가리아인인지는 그렇게 중요하지 않다. 다만 그 사람이 선한 인간인지 악한 인간인지가 중요할 따름이다. 그러나 점차 시간이 지나면서 이러한 선악의 구분마저도 별다른 의미가 없어졌다고 고백한다. 선한 사람이든 악한 사람이든, 모든 인간은 구더기 같은 벌레를 먹여 살리는 불쌍한 존재일 따름이다.

"아, 그 사람들이 착한 사람이든, 나쁜 사람이든 누가 상관 한답니까? 난 그들 모두가 안쓰러울 뿐이오. 누군가를 보면 겉으론 아무리 관심을 두지 않는 척해도 그만 창자가 끊어져 버릴 것만 같

소. 자, 보시오, 난 이렇게 말해요. '이 가련한 악마 녀석도 먹고 마
시고 사랑하고 공포에 떨고 그 나름의 하느님과 악마가 있을 테지.
그 또한 때가 되면 숟가락을 놓고 땅에 묻히면 저 문짝처럼 구더기
에게 파먹히고 있겠지. 가련한 악마 녀석!' 그러니 우리 모두는 형
제자매인 거요. 기껏 벌레를 먹여 살리는 존재! 그리고 그게 계집이
라면 나는 훌쩍거리며 울기 시작하지."

　　카잔차키스는 대부분의 실존주의자들처럼 인간의 삶이
오직 한 번밖에는 살 수 없는 일회적인 것이라는 사실을 첨예
하게 깨닫는다. 신분이 높고 부유한 사람이든 신분이 낮고 가
난한 사람이든 인간은 누구나 이 세상에 태어나 '오직 한 번
밖에' 살지 못한다. 기독교인이나 불교도처럼 죽음 내세를 믿
지 않으면 그렇다는 말이다. 물론 사르트르나 카뮈 같은 무신
론적 실존주의자들은 신 같은 초월적이고 절대적인 존재자를
믿지 않을뿐더러 내세도 믿지 않는다. 조르바는 화자에게 "내
가 죽으면 모든 것이 사라진다."라고 잘라 말한다. 모든 것이
사라진다는 말은 곧 죽으면 그뿐, 그 뒤에 또 다른 삶은 없다
는 것을 뜻한다. 내세나 피안을 전혀 믿지 않는 태도다.
　　그런데 그 일회적 삶마저도 언제 어떻게 끝나게 될지 모
른다는 데 삶의 비극성이 있다. 성서에서는 속절없는 우리네
인생을 풀잎에 맺혔다가 해가 뜨면 사라져 버리는 아침 이슬
방울에 빗댄다. 카잔차키스는 소르멜리나라는 젊은 미망인
의 입을 빌려 짧디짧은 일회적 삶을 한순간 번쩍거리다 속절
없이 사라져 버리는 번갯불에 빗댄다. 계속 망설이며 행동으
로 옮기지 못하는 화자의 의식에 소르멜리나가 찾아와 그의
귀에 대고 속삭인다. "어서 와요. 어서 와요. …… 삶이란 한낱

스쳐 지나가는 번갯불에 지나지 않아요. 그러니 어서 와요. 너무 늦기 전에 어서 와요!" 인간의 삶이란 그야말로 찰나와 같다는 의미이다. 그런데도 화자는 그녀를 "엉덩이를 실룩 거리는 교활한 악령 마라(摩羅)"라고 생각하면서 좀처럼 그녀에게 다가가려 하지 않는다.

이렇듯 카잔차키스의 실존주의적 인생관을 가장 극적으로 표현한 작품이 바로 『그리스인 조르바』다. 인간은 심연에서 나와 다른 심연에서 죽는다. 첫 번째 어두운 심연이 어머니의 자궁이라면 두 번째 어두운 심연은 무덤이다. 자궁에서 나와 무덤으로 갈 때까지 잠깐 번갯불처럼 반짝하다가 사라져 버리는 것이 곧 인간의 삶이다.

카잔차키스의 이러한 생각은 『그리스인 조르바』를 집필하기 전에 완성한 『하느님의 구원자들』에서도 엿볼 수 있다. 작가의 '영적 증언'이라고 할 이 책의 프롤로그에서 인간의 삶 그 자체가 곧 죽음이라고 지적한다.

우리는 어두운 심연에서 나오고, 우리는 어두운 심연에서 끝장이 난다. 우리는 빛을 내며 반짝이는 그 간격을 삶이라고 부른다. 우리는 태어나자마자 출발과 함께 회귀를 시작한다. 우리는 순간순간 죽는다. 이러한 이유 때문에 많은 사람들은 이렇게 부르짖어 왔다. 삶의 목표는 죽음이라고! 그러나 우리는 태어나는 순간 창조하고, 만들어 내고, 물질을 삶으로 바꾸는 투쟁을 시작한다. 우리는 순간순간 태어난다. 이러한 이유 때문에 많은 사람들은 또 이렇게 부르짖어 왔다. 이 단명한 삶의 목표는 불멸이라고! 이렇게 일시적으로 살아 있는 유기체에는 두 지류가 서로 충돌한다. 즉 창조를 향한, 삶을 향한, 불멸을 향한 오르막길과 부패를 향한, 물질을 향한,

죽음을 향한 내리막길이 말이다.

또한 카잔차키스는 인간의 비극적인 일회적 삶을 좀 더 극적으로 보여 주기 위하여 앵무새를 중요한 상징으로 사용한다. 그는 마담 오르탕스가 반려조로 키우는 앵무새를 "초록색 정장과 노란색 보닛을 쓰고 약삭빠른 둥근 눈을 반짝거리는 절친한 친구"라고 묘사한다. 앵무새가 마담 오르탕스의 '절친한 친구'라는 뜻이지만, 앵무새는 조르바의 꿈속에도 등장하는 등, 그와 화자에게도 각별한 의미가 있다. 마담 오르탕스가 사망한 뒤 크레타섬을 떠날 때도 조르바는 새장에 갇힌 앵무새를 데리고 간다. 조르바는 이 앵무새를 맡아 키우다가 아토스산에 머물 때 더 이상 손에 들고 수도원을 돌아다닐 수가 없게 되자 한 신실한 수도승에게 넘겨준다. 언제나 철제 새장에 갇혀 있으면서 마담 오르탕스의 옛 애인 중 하나인 카나바로의 이름만을 기억하는 이 앵무새는 비극적 인간 실존이나 인간 조건을 상징한다. 철제 새장에 갇혀 있는 앵무새가 죽음의 덫에 갇혀 있는 인간의 한계 상황을 상징적으로 보여 주는 것이다.

3 피투성과 기투성

마르틴 하이데거는 일찍이 인간이 자신의 의지와는 아무런 관계없이 이 황량한 우주 속에 '던져진' 존재라고 지적하였다. 실존주의에서 자주 언급하는 '피투성(Geworfenheit)'이라는 개념이 바로 그것이다. 세계 속으로 던져져 그 안에서 살아가야 하기 때문에 '세계 내 존재'라는 용어를 사용하기도 했다. 어니스트 헤밍웨이는 『무기여 잘 있어라』에서 이러한 피투적인 인간을 몇 가지 기본 규칙을 일러준 뒤 야구장에 던져지는 야구 선수에 빗댄 적이 있다.

그러나 하이데거를 비롯한 실존주의자들은 피투성 못지않게 '기투성(Antworfenheit)'에 무게를 싣는다. 인간은 일단 피투성을 깨달으면 언젠가 자신이 반드시 죽을 존재이며 이 우주를 강제로 떠나갈 수밖에 없다는 사실을 깨닫게 된다. 인간이 이렇게 자신의 죽음을 예리하게 자각하는 것을 하이데거는 죽음에 대한 '선구적 각오'라고 불렀다. 이러한 죽음에 대한 자각으로부터 자신의 삶의 의미를 다시 한 번 투척하여 재구성하려고 시도한다. 하이데거는 이러한 시도를 '기투성'이라고 불렀다.

이렇듯 인간은 '세계 내 존재'로 자신의 의지와는 아무런 관계없이 이 우주 속에 던져졌지만 그에게는 다시 한 번 자신을 투척할 수 있는 기회가 있다. 그때 인간은 자신의 의지와 선택에 따라 자신의 삶에 던져질 수 있다. 우주 속에 던져진 채 진흙 속에 파묻혀 그대로 살아갈 것인가? 아니면 그 진흙에서 몸을 일으켜 자신의 실존을 깊이 깨닫고 좀 더 의미 있게 살아갈 것인가? 어느 쪽을 고를 것인가 하는 것은 어디까지나 개인의 자유의지에 따른 선택이다. 인간이란 무의미하고 우주 속에 던져진 존재라는 것을 알았지만 그 속에서 의미를 창조하며 살아갈 것인지, 아니면 부조리한 우주 속에서 목적 없이 유령처럼 떠돌 것인지 선택해야 한다.

장폴 사르트르는 『실존주의는 휴머니즘이다』에서 "실존이 본질에 선행한다."라는 명제를 내세웠다. 그는 "도구 같은 존재에서는 본질이 존재에 앞서지만, 개별적 단독자인 실존에서는 존재가 본질에 앞선다. 인간은 우선 실존하고 그 뒤에 스스로 자유로운 선택과 결단의 행동을 통하여 자기 자신을 만들어 나간다."라고 말했다. 사르트르에 따르면 삶의 본질이 이러저러하다고 따지는 것보다 훨씬 더 중요한 문제가 바로 이 인간 실존, 즉 비극적인 일회적 삶을 어떻게 받아들일 것인가 고민하는 것이다. 이 일회적 삶을 어떻게 받아들이느냐에 따라 인간의 삶은 크게 달라질 수밖에 없다. 카잔차키스가 『그리스인 조르바』에서 무엇보다 관심을 기울이는 것이 바로 이 문제다. 마담 오르탕스의 임종을 지켜본 뒤 조르바와 화자는 무거운 마음으로 마을을 지나 해변 오두막으로 돌아가던 중 잠시 해변에 앉아 대화를 나눈다.

"조르바, 우리는 한낱 조그마한 벌레에 지나지 않습니다. 엄청나게 큰 나무의 가장 작은 잎사귀에 붙어 있는 아주 작은 벌레 말입니다. 이 조그마한 잎이 바로 지구예요. 다른 잎들은 밤에 움직이는 별들이고요. 우리는 이 조그마한 잎사귀 위에서 몸을 질질 끌며 조심스럽게 탐색하고 있는 겁니다. …… 겁이 없는 어떤 사람들은 잎사귀 가장자리까지 이릅니다. 눈과 귀를 활짝 열어 놓고 이 가장자리에서 고개를 빼고 그 밑에 있는 카오스를 내려다봅니다. 그러고는 부들부들 몸을 떱니다. 우리 발밑의 낭떠러지가 얼마나 무시무시한지 헤아려 보지요. 이따금씩 거대한 나무의 다른 잎사귀들이 사그락거리는 소리를 듣고, 뿌리에서 수액을 빨아올리는 걸 감지하며, 우리 가슴이 부풀어 오르는 것을 느끼기도 합니다. 이렇게 심연에 허리를 굽히고 있는 우리는 공포감에 압도되고 있다는 사실을 온몸과 온 마음으로 깨닫습니다. 바로 그 순간에 시작되는 게……."

화자가 잠시 말을 멈추자 조르바는 몸이 달아 "바로 그 순간에 시작하는" 것이 무엇이냐고 묻는다. 그러자 화자는 이렇게 대답한다. "어떤 사람은 정신이 아찔해지거나 섬망 상태에 빠집니다. 또 어떤 사람은 잔뜩 겁을 집어먹고 자신의 용기를 북돋워 줄 답을 찾으려 애씁니다. 이러한 사람들은 '하느님!' 하고 소리칩니다. 또 어떤 사람들은 잎사귀 가장자리에서 담담하고도 용감하게 낭떠러지를 내려다보고 있다가 '난 저게 좋아!' 하고 말하지요." 지금 이 장면에서 화자는 인간이 비극적인 일회적 삶을 살아가기 위하여 선택하는 여러 방식을 언급하고 있다.

이 중에서 마지막 사람의 선택이 바로 실존주의자들이 취하는 삶의 방식이요 태도다. 그들은 절벽(카오스)의 가장자리에 서서 발밑 수십 길 낭떠러지를 내려다보며 삶의 참모습을 깨달은 뒤 다시 뒷걸음쳐 물러선다. 그러고 나서 이전과는 전혀 다른 태도로 묵묵히 삶을 영위해 나가기 시작한다. 이렇게 새롭게 선택한 삶의 태도가 바로 하이데거가 말하는 '기투성'이다.

물론 뒷걸음쳐 물러서는 가장자리 뒤쪽이라고 하여 평평한 대지가 놓여 있다는 것은 아니다. 그곳은 낭떠러지보다 조금 나을지는 모르지만 또 다른 난관과 역경이 가로놓여 있다. 젊은 미망인 소르멜리나를 짝사랑하던 마을 청년 파블리스가 바다에 투신하여 자살한 뒤 마을의 유지 아나그노스티스 영감은 우연히 길에서 화자를 만나 잠깐 대화를 나눈다. 영감은 화자에게 파블리스가 죽은 것이 어찌 보면 차라리 잘된 일인지 모른다고 말한다. 그러면서 영감은 "앞쪽에는 심연이 가로놓여 있고 뒤쪽에는 홍수가 밀어닥쳐, 말하자면 빼도 박도 못하는 진퇴양난인 셈이지."라고 말한다. 그의 말대로 인간의 삶은 앞을 바라보면 심연이, 뒤를 돌아보면 물바다가 가로놓여 있다.

이렇게 진퇴양난에 놓여 있을 망정 카잔차키스는 앞쪽으로 발을 내딛어 낭떠러지에서 떨어지기보다는 뒷걸음쳐 뒤쪽으로 다시 돌아서는 것이 현명하다고 주장한다. 삶이란 장밋빛으로 낙관적인 것은 아니지만 그것만이 우리에게 주어진 유일한 것이기 때문이다. 카잔차키스는 카오스의 가장자리나 '어둠의 심연'에 서서 삶의 참모습을 목격하고 난 뒤 새롭게 살아가는 태도를 두고 '신성한 경외감'이라고 부른다. 이 '신성한 경외감'은 하이데거가 말하는 기투성과 크게 다르지 않다. 정통 신학의 관점에서 보면 무신론자라고 할 카잔차키스가 '신성한 경외감'이라는 낱말을 사용하는 것이 자칫 불경스럽게 느껴질지도 모른다. 실제로 그는 그리스 동방 정교회로부터 파문을 당할 뻔했고, 사망한 뒤에는 정교회에서 장례식도 치르지 못하고 교회 무덤에 묻히지도 못했다. 그러나 '신성한 경외감'은 카잔차키스가 인간 실존을 고민한 뒤 나름대로 내린 진지한 판단이다.

카잔차키스는 실존주의자들처럼 삶이 일회적이기 때문에 더더욱 경외감을 갖고 삶을 소중하고 값지게 여겨야 한다고 믿는다. 얼핏 역설처럼 보일지 모르지만 삶은 일회적이기 때문에 살 만한 가치가 없는 것이 아니라 오히려 살 만한 가치가 있고 더없이 소중한 것이다. 그러므로 카오스의 낭떠러지에서 앞쪽으로 발을 내딛고 삶을 포기하는 자살 행위는 삶을 배반하는 행위일 뿐 결코 바람직한 삶의 태도는 아니다.

알베르 카뮈는 『시시포스의 신화』에서 자살을 삶을 배반하는 비겁한 행위로 간주한다. 『이방인』과 같은 해에 출간한 이 책에서 그는 부조리에 관한 자신의 철학적 사유를 전개하면서 어떻게 살아가는 것이 바람직한지 밝힌다. 카뮈에 따르면 실존적 인간은 깨어 있는 의식을 통하여 늘 부조리를 깨닫고 그 상태 안에서 살아가야 한다. 내세의 삶에 소망을 두는 종교적 희망은 단지 비약일 뿐이고, 아예 삶을 포기하는 자살 또한 해결책이 아닌 도피일 뿐이라고 결론짓는다. 비유적으로 말하자면 인간은 '부조리의 포도주와 무관심의 빵'을 먹고 살아갈 수밖에 없다고 지적한다. 카뮈는 부조리와 투쟁하는 의식을 사막 한복판에서 살아가는 것에 빗댄다. 또한 시시포스가 신들의 노여움을 사 끝없이 바위를 언덕 위로 밀어 올리는 형벌을 받은 것도 사막에서 살아가는 것과 마찬가지다. 카뮈는 "산꼭대기를 향한 투쟁 그 자체가 인간의 마음을 가득 채우기에 충분하다. 행복한 시시포스를 마음속에 그려 보지 않으면 안 된다."라고 말한다.

　　방금 앞에서 언급한 장면에서 아나그노스티스 영감은 깊은 절망의 늪에 빠진 채 화자에게 "만에 하나 이 세상에 다시 태어난다면, 나도 파블리스처럼 목에 돌멩이를 달고 바다에 뛰어들 거요. 참으로 고해(苦海) 같은 인생살이요. 가장 복 많은 인생일지라도 고통뿐이거든. 망할 놈의 인생!"이라고 내뱉는다. 삶이 곧 고통의 바다인 것은 맞지만 그 때문에 자살하겠다고 생각하는 것은 카뮈 같은 실존주의자들의 관점에서 보면 바람직하지 않다. 물론 아나그노스티스 영감은 '이 세상에 다시 태어난다면'이라는 단서를 붙이고 있다. 실제로 그는 자살하지 않고 아흔 살이 넘도록 장수를 누리며 마을 사람들에게 존경을 받으며 살아가고 있다.

화자는 이 '신성한 경외감'을 이번에는 '신성한 공포'와 관련시킨다. 조르바는 화자에게 소중한 인생철학을 전해 주지만 때로는 화자에게 삶의 의미에 대해 질문을 던지기도 한다. 작품의 한 장면에서 조르바는 고뇌에 찬 목소리로 "우리가 어디에서 와서 어디로 가는지 듣고 싶소. 보스는 오랫동안 청춘을 불사르면서 모르긴 몰라도 몇 트럭 분량 종이에서 마법의 주문을 읽으며 뭔가 정수를 얻어 냈을 테지요. 그래 무슨 정수를 찾아냈소?"라고 따져 묻는다. 이 질문을 받고 난 화자는 "내가 그의 물음에 답할 수만 있다면 얼마나 좋을까!"라고 먼저 운을 뗀다. 그런 후에 "인간이 성취할 수 있는 최상의 경지는 지식도 아니고, 미덕이나 선이나 승리도 아닌, 다른 어떤 것, 좀 더 고상하고 좀 더 영웅적이고 절망적인 것, 다시 말해서 경외심, 신성한 공포라는 것을 뼈저리게 느꼈다. 인간의 정신은 이 신성한 공포를 넘어설 수가 없다."라고 말한다. 이 '신성한 경외심'이나 '신성한 공포'가 바로 실존주의자들이 받아들이는 삶의 방식이다. 조르바는 실존주의자들과 마찬가지로 한편으로는 삶의 일회적 의미를 깊이 깨닫고 다른 한편으로는 경외심이나 공포를 느끼면서 일회적 삶을 좀 더 의미 있게 살아가는 데 온갖 노력을 아끼지 않는다.

4 '중고품으로' 살 것인가

니코스 카잔차키스에게 의미 있게 살아가는 방식 중 하나는 수동적인 태도로 삶의 성찰하고 관조하는 것이 아니라 능동적이고 적극적으로 행동하며 살아가는 것이다. 근대 철학과 과학에 견인차 역할을 한 르네 데카르트가 인간의 본질을 사유에서 찾았다면 카잔차키스와 조르바는 인간의 본질을 구체적인 행동에서 찾는다. "나는 생각한다. 그러므로 존재한다."라는 데카르트의 명제는 카잔차키스에 이르러서는 "나는 행동한다. 그러므로 존재한다."로 바뀐다. 조르바는 자리에 앉기만 하면 책을 읽고 글을 쓰며 생각하는 화자가 별로 마음에 들지 않는다. 그래서 조르바는 그에게 "행동! 행동! 그밖에 다른 구원 따위는 없어. 태초에 행동이 있었노라, 그리고 종말에도 역시."라고 일갈한다. 여기서 조르바는 "태초에 말씀이 있었다."라는 신약 성서 「요한복음」 첫 구절을 패러디하여 "태초에 행동이 있었노라."라고 말한다.

사유와 행동과 관련하여 조르바가 뱀과 같은 존재라면 화자는 새와 같은 존재다. 실제로 카잔차키스는 화자의 입을 빌려 조르바가 머리끝부터 발끝까지 온몸을 대지에 붙이고 살아가는 뱀과 같은 인간이라고 말한다. 화자는 "아프리카의 원주민들이 뱀을 숭배하는 이유는, 뱀이 온몸을 땅에 대고서 대지의 비밀을 배로, 꼬리로, 고환으로, 대가리로 알기 때문이거든. 뱀은 늘 어머니 대지를 만지고 접촉하고 그것과 하나가 되지. 조르바도 이와 비슷하지 않은가."라고 밝힌다. 그러면서 화자는 자신 같은 지식인들은 공중을 나는 새들과 같다고 밝힌다. 공중을 나는 새는 행동보다 언제나 생각이 앞서는 화자를 묘사하는 데, 대지에 몸을 밀착하고 살아가는 뱀은 먼저 행동하고 나서 나중에 생각하는 조르바를 묘사하는 데 아주 적절한 비유라고 할 수 있다.

여기서 잠깐 니체가 『차라투스트라는 이렇게 말했다』에서 언급하는 새를 짚고 넘어가는 것이 좋을 것 같다. 니체는

"사람은 대지와 삶이 무겁다고 말한다. 중력의 악령이 바라고 있는 것이 바로 그것이다! 그러나 가벼워지기를 바라고 새가 되기를 바라는 자는 자기 자신을 사랑해야 한다."라고 밝힌다. 한편 『그리스인 조르바』의 화자는 "우리처럼 먹물을 뒤집어 쓴 사람들은 공중에 나는 새들처럼 골통이 텅텅 비어 있지."라고 밝힌다. 화자는 자신이 가벼워지기를 바라기 때문에 새가 된 것이 아니라 행동하는 양심 대신에 창백한 지식인에 머물러 있기 때문에 새가 된 것이다.

조르바가 여러 번 화자에게 책을 모두 불살라 버리라고 말하는 것도 이와 무관하지 않다. 화자가 책을 탐독하며 지나치게 관념에 빠져 있기 때문이다. 그동안 유럽을 지탱해 온 근대의 이성과 합리성은 두 차례에 걸친 세계 대전 이후 점차 설득력을 잃기 시작했다. 몇몇 지식인들과 예술가들, 실존주의자들을 중심으로 이성과 합리성보다는 직관과 상상력이 인간의 삶을 좀 더 잘 설명할 수 있다는 생각이 퍼져 나갔다.

이 점에서는 카잔차키스도 실존주의자들과 크게 다르지 않다. 카잔차키스에게 인간의 두뇌, 즉 이성이란 한낱 '영원한 식료품 가게 주인'에 지나지 않는다. 앞에서 언급했듯이 조르바는 화자에게 "인간의 머리란 식료품 주인과 같소. 계속 계산하면서 장부에 이렇게 씁니다. '얼마를 지불했고, 얼마를 벌었고, 이 액수는 손실이고, 저 액수는 이익이다.' 똑똑한 머리는 뛰어난 지배인과 같습니다."라고 말한다. 이렇게 식료품 가게 주인처럼 머리를 짜내어 계산하고 또 계산한 결과가 어떠한가? 이성과 합리성이 지난 2000여 년 동안 쌓아 온 문명의 성을 하루아침에 깡그리 무너뜨리지 않았던가. 그래서 조르바는 차가운 머리로 사물을 바라보는 대신 뱀처럼 뜨거운 가슴으로 맞부딪쳐 이해하려고 애쓴다.

그러고 보니 『그리스인 조르바』의 몇몇 작중 인물이 유럽과 그리스를 끔찍이 싫어하는 것도 수긍이 간다. 화자의 친구 중에는 카라얀니스라는 괴짜가 있다. 그 친구는 크레타섬에 있는 신학교에서 교편을 잡다가 여학생과의 스캔들이 문제가 되자 교수직을 헌신짝처럼 버리고 아프리카에 건너가 사업을 하고 있다. 화자에게 보낸 한 편지에서 카라얀니스는 "아, 이 그리스인이여, 도대체 언제쯤이면 자네는 유럽, '바빌론 제왕, 창녀의 어머니요 지구상에 존재하는 혐오스러운 것들의 어머니'라고 할 유럽에서 젖을 뗄 작정인가?"라고 다그친다. 서양 문명의 요람이라고 할 그리스를 '바빌론의 제왕'이나 '창녀의 어머니'라고 부르는 것이 매우 놀랍다. 그가 이토록 유럽과 고국 그리스를 싫어하는 까닭은 유럽인들이 합리주의나 이성 중심주의의 감옥에 갇혀 세상을 균형 있게 바라보지 못하기 때문이다.

카잔차키스는 조르바의 말과 행동을 통하여 인간이 의미 있게 살기 위해서는 기존의 질서나 사회적 규범을 따르지 말고 오직 자기 내면의 목소리에 귀를 기울여야 한다고 말한다. 많은 사람들은 누가 언제 만들어 놓았는지도 잘 모르는 사회적 규범에 얽매여 노예처럼 살아간다. 실제로 이 세상에는 내가 만든 것이 아닌 온갖 종류의 사회적 규범과 가치가 있다. 하이데거는 이러한 사회적 규범이나 가치를 만들어 낸 사람들을 '그들(Das Mann)'이라고 불렀다. '그들'은 정체성을 지닌 특정한 개인들이 아니라 익명의 불특정 다수다. 어떤 의미에서는 인간의 본질적 삶에서 벗어난 일종의 허구라고 할 수 있다. 내가 태어나기 전에도 '그들'이 있었고, 내가 살아가는 동안에도 '그들'이 있다. 특정한 개인은 아니지만 '그들'은 우리의 삶에 직접 간접으로 큰 영향을 끼친다.

사르트르는 불특정 다수가 만들어 놓은 사회적 규범에 얽매여 수동적으로 살아가는 삶을 '중고품 인생'이라고 불렀다. 이러한 사람들은 남이 쓰다 버린 물건을 주워다가 사용하는 것과 크게 다르지 않다는 것이다. 카잔차키스는 사르트르처럼 이렇게 중고품처럼 살아가는 방식이야말로 소중한 삶을 낭비하는 것과 같다고 생각한다. 기존의 질서나 사회적 규범에 맹목적으로 따르다 보면 개인은 자칫 자신의 정체성과 자유를 상실하게 마련이다. 이러한 질서나 규범은 법처럼 강압적인 외부의 힘에 이끌려 강제로 지켜야 할 때도 있지만, 도덕이나 윤리처럼 개인이 어렸을 적부터 자신도 모르게 내면화한 나머지 인식하지도 못한 채 기계적으로 따를 때도 있다. 마치 양들이 목자의 지팡이에 따라 기계적으로 움직이는 것과 같다.

카잔차키스는 『그리스인 조르바』에서 조르바를 통하여 자신 외의 다른 사람이나 다른 것을 좀처럼 믿으려 하지 않는 인물을 보여 준다. 한번은 화자가 조르바와 인간 본성을 두고 대화를 나눈다. 조르바가 아무것도 믿지 않는다고 자신 있게 말하자 화자는 그의 말이 도무지 믿기지 않는다.

"정말로 믿는 게 아무것도 없다는 말씀인가요?" 나는 화가 나서 물었다.

"그래, 없소. 아무것도 믿지 않아. 도대체 몇 번을 말해야 합니까? 난 아무것도 믿지 않고, 이 조르바를 제외하고선 그 누구도 믿지 않아요. 조르바가 다른 사람들보다 더 나아서가 아니오. 결코,

결단코 더 낫지 않지! 조르바란 녀석 또한 똑같은 야수에 지나지 않으니까. 내가 조르바를 믿는 이유는, 유일하게 내 마음대로 할 수 있고, 유일하게 내가 알고 있는 존재이기 때문이오. 그 외의 존재들은 하나같이 유령이오. …… 하지만 다시 말하건대, 그 외의 사람들은 모조리 유령일 뿐이오. 내가 죽으면 모든 게 사라지는 거요. 조르바 세계 전체가 무너져 내리는 거란 말이오."

조르바가 자신 외의 다른 사람을 좀처럼 믿지 않으려는 이유는 자신이 남보다 학식이 많거나 잘나서가 아니다. 그도 인정하듯이 일반적인 잣대로 재면 그는 남보다 못하면 못하지 결코 나은 점이 없는 인물이다. 조르바가 자신을 믿는 것은 오직 자기 자신만이 그의 마음대로 할 수 있을뿐더러 그가 잘 알고 있는 유일한 존재이기 때문이다. 그에게 다른 사람들은 실체가 없는 한낱 허깨비에 지나지 않는다.

5 실존주의적 삶을 위하여

실존주의자들은 참다운 삶을 살기 위해서는 무엇보다도 개인의 정체성과 자유를 지켜야 한다고 지적한다. 사르트르가 인간이란 스스로 결단하고 행동하여 자기 자신을 만들어 나간다고 말했다는 점을 앞에서 이미 언급하였다. 개인의 정체성을 억압하고 위협하면서 인간을 '중고품처럼' 살아가도록 만드는 기존 질서나 사회적 규범은 어떤 때는 명시적으로, 또 어떤 때는 묵시적으로 여러 모습으로 나타난다. 그렇다면 기존 질서나 사회적 규범이란 과연 구체적으로 어떻게 나타나는가?

　기존 질서나 사회적 규범은 도덕적·윤리적 규범, 신념, 추상적 관념, 종교, 국가의 모습으로 나타난다. 앞에서 이미 언급했듯이 피레아스 항구에서 증기선을 타고 크레타섬으로 가는 첫 장면에서 조르바는 뱃멀미에 시달리며 옆에 있는 승객 둘이 정치 문제로 입씨름하는 소리를 열심히 엿듣고 있다. 한 승객은 왕정을, 다른 승객은 수상을 수반으로 하는 민주주의 체제를 지지하고 있다. 조르바는 화자에게 "한물 지난 정치 체제야!"라고 가소롭다는 듯이 고개를 가로저으며 침을 탁 뱉는다. 그 순간 바로 옆에 있던 화자가 조르바에게 "'한물 지난 정치 체제'라니요?"라고 되묻자 조르바는 "저 사람들이 지껄이는 소리 말이오. 왕정이니, 민주주의니, 국회니. 꼴값 떨고 있잖아!"라고 대답한다. 이 대답을 듣자 화자는 "조르바는 이미 그것을 초월한 사람이기 때문에 동시대의 현상이 이미 낡아 빠진 구시대의 현상으로밖에는 보이지 않았다."라고 생각한다.

　작품의 후반에서도 조르바는 여전히 국가 같은 이념에 이렇다 할 가치를 두지 않는다. 가치를 두기는커녕 오히려 개인의 정체성을 위협하고 개인의 자유를 억압하는 제도라고 멸시한다. 조르바는 화자에게 "당신은 '내 조국' 하고 계속 입버릇처럼 내게 말했소. …… 국가가 존재하는 한 인간은 한낱 짐승, 그것도 잔인한 짐승으로 남아 있을 거요. 하지만 나는 거기서 탈출했소."라고 말한다. 이 말에 화자는 아무런 대답도 하지 않지만 마음속으로는 그의 말에 맞장구를 치고 있다.

　조르바의 정체성을 위협하는 사회적 규범이나 신념, 가치는 비단 국가나 정치 제도에 그치지 않는다. 도덕과 윤리, 애국심, 종교도 하나같이 그의 정체성을 위협하고 자유를 억압하는 기재들이다. 그래서 바로 앞 장면에서 조르바는 화자에게 현재 널리 퍼져 있는 도덕, 애국심, 종교는 '한물 지나간 퇴물'이라고 밝힌다.

조르바의 이 말을 듣는 화자는 "그의 정신은 누구보다도 시대를 앞서고 있었다."라고 생각한다. 작품이 거의 끝날 무렵 화자는 "나는 붓다, 하느님, 조국, 이상, 이 모든 허깨비들에게서 풀려나겠다고 생각했다."라고 말한다. 이 장면에서 화자가 말하는 '허깨비들'이란 바로 개인의 자유를 억압하는 가치와 신념, 그리고 사회적 규범들이다. 그리고 화자는 조르바의 도움으로 그러한 허깨비들의 망령에서 조금씩 벗어나기 시작한다.

이렇듯 카잔차키스는 어느 작가보다도 개인의 자유를 갈구하는 작가다. 그가 그리스 정교회에서 파문당할 뻔한 뒤 사망하여 교회 무덤에 묻히지 못했다는 점은 이미 앞에서 밝혔다. 그의 무덤은 지금 고향 크레타섬 이라클리온 외곽에 외롭게 놓여 있고, 묘비에는 "나는 아무것도 바라지 않는다. 나는 아무것도 두려워하지 않는다. 나는 자유다."라는 짧은 문장이 새겨져 있다. 카잔차키스가 살아서 얼마나 끔찍하게 자유를 갈구했는지 단적으로 엿볼 수 있다.

『그리스인 조르바』에서도 조르바는 화자에게 "나는 인간이란 자유를 원하는 존재라고 믿고 있소."라고 말한다. 조르바가 얼마나 자유를 갈구하는지는 그의 별난 행동을 보면 잘 알 수 있다. 어느 날 화자는 조르바의 왼쪽 검지가 중간에서 잘려 나간 것을 보고 사연을 묻는다. 그러자 조르바는 자유 때문이라고 하면서 한때 도자기를 만드는 도공 노릇을 한 적이 있다고 귀띔해 준다.

"한때는 도자기를 만든 적이 있었소. 그 일에 미치다시피 했죠. 진흙덩이를 들고 원하는 게 뭐든 마음대로 만든다는 것이 어떤 건지 아시오? 진흙 한 덩이를 떡하니 올려놓고 돌림판을 미친 듯이 돌리는 거요. 푸르르르르! 그리고 당신은 서서 그걸 내려다보면서 '주전자를 만들어야지', '접시를 만들어야지.', '석유 램프를 만들어야지.', '뭐든지 다 만들겠어!' 내 분명히 말하지만, 이렇게 외친다는 건 진정한 인간이 된다는 거요. 자유 말이오!"

조르바가 계속 자유를 언급하며 변죽을 울리자 화자는 안달이 나서 그의 손가락이 어떻게 해서 잘려 나갔는지 묻는다. 그러자 조르바는 "아 글쎄, 그놈의 손가락이 돌림판에 방해가 되는 거요. 자꾸 중간에 끼어들어 내가 만드는 모양을 망쳐 버리지 뭐요. 그래서 어느 날 손도끼를 갖다가 그만……."이라고 대답한다. 보통 사람이라면 상상할 수도 없는 끔찍한 일이지만, 조르바는 왼쪽 검지가 도자기 만드는 일을 계속 방해한다는 이유로 손도끼로 잘라 버렸던 것이다.

한편 화자는 조르바와는 달리 개인의 자유에 대한 믿음이 별로 없다. 작품 첫 부분에서 카잔차키스는 오귀스트 로댕의 조각 작품 「하느님의 손」을 언급한다. 화자는 언젠가 이국 도시에서 열린 로댕 전시회에서 이 조각품을 감상한 일을 회상한다. 청동 손은 반쯤 오므려져 있었고, 그 손바닥에는 황홀경에 빠진 두 남녀가 서로 뒤엉켜 있었다. 화자는 그 모습을 보고 적잖이 당황한다. (로댕의 이 작품은 청동이 아닌 대리석으로 만든 것이다.) 평소 시시껄렁한 대화를 주고받는 것을 싫어하는 화자였지만 그날만은 무슨 힘에 이끌려서인지 옆에 서서 조각품을 감상하고 있던 젊은 여자 하나를 돌아보고 말을 건넨다. "지금 무슨 생각을 하고 있습니까?"라고 묻자 그녀는 "누구라도 도망칠 수 있으면 좋겠어요!"라고 악의에 찬 듯이 대답한다. 그러자 화자는 "어디로 도망친단 말입니까? 어디든 하느님의 손아귀가 아니겠어요? 구원 같은 건 없어요. 그래서 마음이 혼란스러운 건가요?"라고 대꾸한다. 그러면서 그는 그 남녀는 비록 자유를 갈구할지 모르지만 청동 손 안에 있을 때만 비로소 자유로울지 모른다고 덧붙인다. 이 대목을 보면 구약 성서 「이사야서」의 "이 모든 것이 내 손이 만들었고 이 모든 것이 내 것이다."(66장 2절)라는 구절이 떠오른다.

이 점과 관련하여 사르트르가 『존재와 무(無)』에서 "자유는 감옥이다."라고 한 말에 주목해 볼 필요가 있다. 얼핏 『그리스인 조르바』의 화자처럼 사르트르는 로댕이 「하느님의 손」에서 보여 주듯이 인간의 자유란 어차피 제한을 받을 수밖에 없다고 말하는 듯하다. 그러나 좀 더 따져 보면 사르트르가 반어적으로 한 말임을 알 수 있다. 사르트르는 "자유란 선택할 자유이지, 선택하지 않을 자유가 아니다."라고 잘라 말했다. 선택하지 않는다는 것도 엄밀히 말하면 선택하지 않기로 선택하는 행위이기 때문이다. 인간은 어쩔 수 없이 선택할 수밖에 없다는 사실을 감옥에 빗대어 말할 뿐이다. 다시 말해서 인간은 선택하도록 선고받은 죄인과 같다.

실존주의자들은 선택에는 반드시 책임이 따른다고 지적한다. 실존적 주인공들은 자신의 정체성을 지키고 개인의 자유를 쟁취하기 위하여 어쩔 수 없이 어떤 선택을 강요받지만, 일단 자신이 선택한 일에 대해서는 책임을 진다. 장폴 사르트르가 실존이 본질에 앞선다고 말할 때 그는 인간이 자유롭게 선택하고 그 결과에 스스로 책임을 지는 주체적 존재라는 점을 암시하였다.

니코스 카잔차키스는 『그리스인 조르바』에서 알렉시스 조르바를 통하여 실존적 인물이 어떻게 자신의 삶을 선택하고 책임을 지는지 여실히 보여 준다. 조르바는 마케도니아 혁명대의 빨치산에 합류하여 불가리아인들을 무참히 살해한다. 하루는 저녁때 불가리아 마을에 몰래 들어가 마구간에 숨어 있다가 불가리아 신부 한 사람을 잔인하게 죽인다. 그 신부는 피에 굶주린 불가리안 빨치산으로 밤이 되면 성복을 벗고 양치기 옷으로 갈아입고 무장한 뒤 그리스 마을로 내려와 그리스인들을 살해하기로 악명이 높은 인물이었다. 조르바는 불가리아 신부를 그저 살해하는 것에 그치지 않고 그에게 덤벼들어 "양처럼 죽인 뒤" 두 귀를 잘라 가지고 온다. 그 무렵 그는 불가리아인들의 귀를 모으고 있었기 때문이다.

그 사건이 있은 지 며칠 뒤 조르바는 빵과 소금, 신발을 사려고 행상으로 가장하여 똑같은 불가리아 마을에 들어간다. 그리고 맨발에 검은색 옷을 입은 아이들 다섯이 서로 손을 잡고 구걸하고 있는 모습을 보게 된다. 여자아이 셋에 사내아이 둘이었는데 가장 나이 많은 여자아이가 아직도 갓난아이인 동생을 품에 안고 울지 않도록 입을 맞추며 어르고 있다. 조르바가 아이들에게 다가가 어느 집 아이들이냐고 묻자 아이들은 전날 밤에 마구간에서 살해당한 신부 집 아이들이라는 대답하는 것이다. 조르바는 갑자기 눈앞이 캄캄해지며 지구가 물레방아처럼 빙글빙글 도는 것을 느낀다. 그는 허리춤에서 지갑을 꺼내 돈을 땅바닥에 모두 쏟아놓으며 아이들에게 가지고 가라고 말한다. 그리고 아이들에게 음식이 담긴 바구니까지 건네준다. 그러고 나서 조르바는 자신의 머리카락으로 장식한 소피아 성모상을 꺼내 두 동강을 내어 던져 버린 뒤 줄행랑을 쳐 마을에서 빠져나온다. 조르바는 화자에게 이 이야기를 들려주면서 "지금도 여전히 도망치고 있는 중이오!"라고 말한다. 그가 지금도 그 마을에서 도망치고 있다는 것은 여전히 죄의식에서 벗어나지 못하고 있다는 말이다.

조르바는 인간이 자신이 선택한 행동에 책임을 지지 않으면 짐승과 다름없다고 생각한다. 그는 등에 남은 여러 개의 총상을 화자에게 보여 주며 자신의 행동이 얼마나 어리석었는지 반성하고 책임을 통감한다. 조르바는 지난날 자신의 행동에 그만 화가 치밀어 화자에게 버럭 소리를 지를 정도다.

"그게 바보 같은 짓이었다고! …… 수치스러운 일이오! 맙소사, 도대체 언제쯤이면 사람들은 인간다워질까? 우리는 바지를 입고 셔츠에 칼라를 달고 모자를 쓰고 있지만 여전히 노새, 늑대, 여우, 돼지 같은 짐승과 다름없어요. 인간은 하느님의 형상을 하고 있다고들 하죠. 누가요, 우리가요? 난 그 더러운 인간의 면상에 탁 침을 뱉소이다!"

조르바가 기독교나 그리스 정교회에 이렇다 할 관심을 두지 않는 것은 성서에서 말하는 인간과 그가 그동안 직접 경험한 인간의 행위 사이에 너무나 큰 괴리가 있기 때문이다. 성서에는 인간이 하느님의 형상으로 빚어진 거룩한 존재이기 때문에 하느님이 인간에게 다른 피조물을 지배하고 정복할 권한을 주었다고 기록되어 있다. 그러나 조르바가 겪은 바에 따르면 인간은 하느님의 형상대로 빚어진 거룩한 존재가 아니라 약육강식의 정글 법칙에 따라 살아가는 짐승에 지나지 않았다. 그래서 그는 (그렇게 말한) "그 더러운 인간의 면상에 탁침을 뱉소이다!"라고 부르짖는 것이다.

조르바가 자신이 선택한 행동에 책임을 지는 사람이라는 것은 마담 오르탕스와의 관계에서 좀 더 뚜렷이 볼 수 있다. 두 사람의 관계는 우연히 시작되었을 뿐이다. 그 이전에도 그랬듯이 조르바는 크레타섬에 도착했을 때도 마을에 과부가 있는지부터 먼저 알아본다. 이렇게 해서 늘 그래 왔던 것처럼 마담 오르탕스를 유혹하게 되지만 그들의 관계는 단순히 육체의 욕구를 충족하기 위한 것 이상의 단계로 발전한다. 젊은 시절에 창녀와 다름없는 생활을 하다가 나이가 들자 섬에 흘러들어 홀로 초라한 호텔을 경영하며 외롭게 살아가는 마담 오르탕스를 조르바는 그녀가 죽는 날까지 책임진다. 그녀가 삶에 대한 의욕을 되찾고 행복하게 살다가 죽음을 맞이한 것은 모두 조르바 덕분이다.

따지고 보면 조르바가 돌보아 준 여성은 비단 오르탕스뿐만이 아니다. 조르바는 러시아 흑해 근처 마을에서 만난 소핑카에게도, 러시아 남부 지방 쿠반에서 만난 누사에게도 그랬다. 조르바는 어느 겨울 날 일자리를 찾아 광산에 가는 길에 시장에서 쇼핑카를 처음 만난다. 그녀가 물건을 사고 돈이 모자라자 장신구로 값을 치르려는 것을 보고 조르바는 물건 값을 대신 치러 준다. 이 일이 계기가 되어 두 사람은 세 달 동안 동거한다. 한편 누사와 살게 된 조르바는 누사가 젊은 군인과 눈이 맞아 달아날 때까지 여섯 달 동안 행복하게 산다. 그러고 난 뒤에도 배신감을 느끼기는커녕 화자에게 누사를 위하여 건배를 하자고 제안할 정도다. 여성과 관련한 조르바의 행동을 보면 조르바는 단순히 육욕을 채우기 위한 것 이상으로 여성을 배려하고 책임을 지는 인물임이 밝혀진다.

7 신 없는 세계의 삶

실존주의는 크게 유신론적 실존주의와 무신론적 실존주의로 나뉜다. 쇠렌 키르케고르는 전자를 대표하는 철학자인 반면, 장폴 사르트와 알베르 카뮈는 후자를 대표하는 철학자들이다. 키르케고르는 인간이 비극적 인간 조건을 극복하기 위해서는 모든 것을 초월적 존재자인 신에게 맡겨야 한다고 주장했다. 반면에 전통적인 신을 부정하는 사르트와 카뮈는 신이 없는 우주에서 인간이 어떻게 살아갈 것인지 고민했다. 실존주의라고 하면 유신론적 실존주의보다는 무신론적 실존주의를 가리키는 것이 보통이다.

카잔차키스가 신학과 종교의 문제로 그리스 정교회와 적잖이 불화를 겪었다는 점은 이미 언급하였다. 그가 쓴 몇몇 신학 에세이나 소설 작품은 정통 그리스도교 교리와 충돌을 빚기에 충분하였다. 카잔차키스는 그리스 정교회로부터 파문을 당할 뻔했다. 결국 파문은 피했지만 로마 교황청은 그의 소설 『마지막 유혹』을 로마 가톨릭 금서 목록에 올려놓았다. 그만큼 그의 기독교관, 그의 종교관은 정통 교리에서 크게 벗어나 있다. 같은 맥락에서 말하자면 『그리스인 조르바』도 『마지막 유혹』 못지않다. 특히 『그리스인 조르바』에서는 무신론적 실존주의 경향을 쉽게 읽을 수 있다. 불교에 심취해 있는 화자도 화자지만 조르바 역시 여러모로 무신론적 실존주의자로 보기에 무리가 없다.

알베르 카뮈는 언젠가 "내세에 희망을 두는 것은 이 아름다운 현세를 배반하는 행위"라고 말한 적이 있다. 조르바도 카뮈처럼 기약 없는 내세에 소망을 걸기보다는 아름다운 현세의 삶에 훨씬 더 무게를 싣는다. 조르바의 세계에 하느님은 존재하지 않거나 비록 존재한다 해도 이렇다 할 힘을 행세하지 못한다. 아니, 하느님이 존재하지 않는다고 말하기보다는 차라리 하느님과 악마가 함께 존재한다고 말하는 쪽이 더 옳을지도 모른다. 한번은 조르바가 화자에게 마케도니아에서 게릴라로 싸울 때의 경험을 들려주는데, 그는 "자, 보시오, 내 분명히 말하지만 이 세상은 수수께끼로 가득 차 있고, 인간은 대단한 짐승이오. 대단한 짐승이면서 대단한 신(神)이기도 하죠."라고 말한다.

그러면서 조르바는 단적인 예로 자신과 함께 싸운 요르가로스라는 게릴라 동료 병사의 이야기를 해 준다. 요르가로스는 신적인 존재이면서 악마적인 존재요, 악마적인 존재이면서 동시에 신적인 존재이기 때문이다. 더 나아가 조르바는 모든 인간은 저마다 가슴 속에 악마를 품고 살아간다고 말하기도 한다. 자하리아스 수사는 동료 수도승으로부터 악마를 무려 일곱이나 품고 살아간다고 비난받았다. 그중 한 악마는 '요셉'이라는 이름으로 불린다. 재목을 운반하기 위하여 공들여 세운 고가 케이블이 무너지면서 재목 사업과 갈탄 광산 사업이 모두 물거품으로 돌아간 뒤 화자는 조르바와 함께 해변에서 양고기와 포도주를 마신다. 여기서 화자는 조르바에게 "인간과 짐승과 하느님이 하나로 합쳐졌다."라고 말한다. 물론 술에 취한 탓에 한 말일 수도 있지만 이 말에서는 카잔차키스가 생각하는 인간의 속성을 단적으로 읽을 수 있다.

조르바는 무엇보다도 내세를 믿지 않는다. 그에게는 오직 '지금 여기', 현세의 삶이 중요할 뿐 내세의 삶에는 조금도 관심이 없다. 내세, 영생, 천국, 부활의 교리를 믿지 않는 사람은 진정한 기독교인이라고 할 수 없을 것이다. 그것은 마치 붓다의 가르침을 믿지 않으면서 불교 신자가 되었다는 것과 같다. 조르바는 어느 날 화자에게 미망인 소르멜리나를 유혹하라고 부추기면서 만약 그 일에서 성공한다면 말 위에 올라타고 천국에 들어가는 것과 같을 것이라고 말한다. 그러면서 "다른 천국은 없어요, 불쌍한 양반. 신부(神父)들이 떠드는 소리에 귀를 기울이지 말아요. 다른 천국은 없으니까!"라고 자신 있게 말한다. 젊은 미망인을 유혹하는 것이 천국에 들어가는 것이요, 그밖에 다른 천국은 없다는 것은 기독교 교리에 정면으로 어긋나는 신성 모독적인 발언이다.

조르바의 이러한 신성 모독적인 발언은 하느님에 대한 묘사에서 단적으로 엿볼 수 있다. 어느 날 조르바는 화자에게 하느님이 불멸의 존재이기는 하지만 자신과 똑같이 생겼을 것이라고 말한다. 나아가 조르바는 하나님이 자신보다 좀 더 정신이 이상할 것이라고 말하기도 한다.

"내 생각에는 말이오, 보스 양반, 웃지 마쇼. 하느님이 정확히 나랑 똑같이 생겼을 것 같소. 다만 나보다 키가 좀 더 크고, 힘이 좀 더 세고, 좀 더 살짝 정신이 돌았다고나 할까. 물론 그분은 불멸의 존재기도 하고. 그분은 부드러운 양가죽 위에 앉아 빈둥거리고 있을 거요. 그리고 그분의 오두막은 천국이니 우리 오두막처럼 석유 깡통으로 만든 게 아니라 구름으로 만들었을 거요. 하느님은 오른손에 살인자들이나 채소 장사꾼들이 쓰는 도구인 칼이나 저울을 들고 있는 게 아니라, 비구름처럼 물을 잔뜩 머금은 스펀지 행주를 들고 있을 거요. 천당은 오른편에, 지옥은 왼편에 있을 거요."

위 인용문에서 조르바의 말은 기독교 신학에서 흔히 말하는 하느님의 모상, 즉 '이마고 데이(imago dei)'의 개념과는 전혀 다르다. 인간이 하느님 모습으로 창조되었다는 구약 성경 「창세기」의 내용은 기독교 신학의 핵심이다. 성서에서는 인간을 하느님의 위치로 끌어올리지만 조르바는 하느님을 인간의 위치로 끌어내린다. 여기서 조르바가 묘사하는 하느님은 전지전능한 초월적 존재자라기보다는 차라리 여유 있게 살아가면서 마을 사람들에게 호의를 베푸는 시골 귀족에 가깝다. 최후의 심판을 받기 위해 죽은 영혼이 천국에 들어오면 하느님이 스펀지 행주로 지상에서 지은 온갖 죄를 말끔히 씻겨 주고 천국으로 들여보낸다는 것은 기독교 교리에서 보면 신성 모독적일 뿐만 아니라 자못 우스꽝스럽기까지 하다. 그러면서 조르바는 화자에게 "보스 양반, 당신이 알아야 할 건 말이오, 하느님이 대단한 귀족이라는 거요. 귀족이라는 게 무슨 말이겠소. 용서할 줄 아는 사람이오."라고 덧붙인다.

조르바는 인간이 신의 형상으로 빚어진 거룩하고 신성한

존재가 아니라 차라리 짐승에 가깝다고 생각한다. 전통적으로 서양에서는 인간을 천사와 짐승 중간에 속하는 피조물로 간주한다. 그러나 조르바는 인간은 한낱 들짐승에 지나지 않는다고 말한다. 그는 화자에게 "인간이란 들짐승이오.…… 보스 양반, 책들을 몽땅 버리시오! 부끄럽지도 않소이까? 인간은 들짐승이란 말이오. 들짐승들은 책을 읽지 않아요."라고 말한다. 또 다른 장면에서 조르바는 인간 중에서도 여성은 남성보다 더 짐승에 가깝고, 여러 민족의 여성 중에서도 러시아 여자들은 더더욱 짐승에 가깝다고 말한다. 러시아 여성들은 대지에 가깝게 붙어 살아가고 있기 때문이라는 것이다.

조르바가 하느님이 자신을 닮았다고 주장하는 데는 그럴 만한 까닭이 있다. 하느님을 신성하고 전지전능한 존재로 보기보다는 오히려 자신처럼 온갖 짓을 일삼는 존재로 간주하기 때문이다. 『그리스인 조르바』의 한 장면에서 조르바는 "하느님도 흥청거리고, 사람을 죽이고, 부정한 짓을 하고, 사랑하고, 일하고, 잡아선 안 되는 새들도 잡으시지. 꼭 나처럼 말이오. 하느님도 먹고 싶을 때 먹고 원하는 여자를 고르지. 물 찬 제비 같은 여자가 지나가는 걸 보면 당신 가슴이 쿵쿵 뛰지." 라고 말한다. 정통 기독교의 관점에서 보면 불경스럽기 짝이 없는 발언이다.

그런가 하면 조르바는 화자에게 하느님이 창조한 것치고 좋은 것은 별로 없다고 말하며 오히려 악마가 만들어 낸 것 중에 좋은 것이 많다고 덧붙인다. "이 세상에서 좋은 건 하나같이 악마가 만들어 낸 것이야. 봄철, 아름다운 여자들, 포도주, 모조리 악마가 만든 것이지. 수도승, 금식, 샐비어 차, 못생긴 여자들, 이것들은 죄다 하느님이 만든 거고. 이러한 망할 것이 있나!" 조르바의 이 말은 구약 성서 「창세기」에서 야훼가 엿새에 걸쳐 천지와 인간을 창조한 뒤 "하느님이 손수 만드신 모든 것을 보시니 보시기에 참 좋았다."(1장 31절)라는 구절과는 정면으로 어긋난다. 또한 이 구절을 바탕으로 쓴 "참 아름다워라 주님의 세계는/ 저 솔로몬의 옷보다 더 고운 백합화……"로 시작하는 찬송가와도 한참 어긋난다.

더구나 조르바는 물질과 정신, 육체와 영혼을 구분 짓지 않는다. 그에게 이 두 가지는 동일한 것을 가리키는 서로 다른 이름에 지나지 않는다. 예를 들어 매주 일요일이면 조르바는 화자와 함께 마담 오르탕스의 호텔에 가서 거나하게 저녁 식사를 한다. 어느 일요일에 화자가 해변에 앉아 단테의 작품을 읽고 있는데 조르바가 찾아와 마담 오르탕스의 호텔로 식사를 하러 가자고 제안한다. 화자가 별로 배가 고프지 않다고 말하자 조르바는 자신의 허벅지를 탁 치며 소리를 버럭 지른다. "아침부터 아무것도 먹지 않았잖아요. 당신의 몸에도 영혼이 있어요. 그 육체를 불쌍하게 여기시오. 그에게 먹을 걸 줘요, 보스 양반. 뭔가 먹을 것을 좀 주라고요. 육체는 나귀 같은 거예요. 나귀에게 먹이를 주지 않으면 목적지 절반에도 이르지 못해 당신을 버릴 겁니다."

조르바의 말을 듣고 화자는 크게 놀란다. 지난 몇 해 동안 화자는 음식을 먹고 포도주를 마시는 것 같은 육체의 쾌락을 무척 혐오해 왔기 때문이다. 그래서 그는 부끄러운 짓을 하는 것처럼 은밀하게 음식을 먹어 치우곤 했다. 조르바가 계속하여 화자에게 "어떤 사람들은 음식으로 비계와 똥을 만들고, 어떤 사람들은 일과 유쾌한 기분을 만들지. 그리고 듣자 하니 누구는 하느님을 만든다고도 합디다."라고 말한다. 인간이 음식을 먹고 그것을 하느님으로 만든다는 말에는 단순히 신학에서 말하는 성화(聖化) 또는 성변화(聖變化) 이상의 의미가 담겨 있다. 조르바는 물질과 정신, 육체와 영혼이 구분 지을 수 없을 만큼 하나라는 사실을 힘주어 말하기 위하여 이렇게 말하는 것이다.

이렇듯 조르바는 최근 서유럽의 철학자들이나 신학자들이 흔히 그러듯이 육체와 영혼, 물질과 정신을 굳이 구별하지 않는다. 그에게 육체/정신, 물질/육체, 선/악, 신/악마 같은 이분법은 이렇다 할 의미가 없다. 작품의 후반부에는 산속 성모의 수도원에서 수도 생활을 하던 자하리아스 수사가 조르바의 사주를 받아 수도원에 불을 지른 뒤, 조르바와 화자가 머물고 있는 해변의 오두막에 찾아오는 장면이 있다. 마침 저녁 식사 시간이라 조르바는 화덕에서 음식을 내리며 묻는다.

"자하리아스, 이 '천사의 빵'은 무엇인가요?" 그가 물었다.
"영혼이지요." 수도승이 성호를 그으며 대답했다.
"영혼이라? 다른 말로 하면 바람이 되나요? 그걸로는 배를 불릴 수가 없죠. 자, 이리 와 앉아서 빵과 물고기 수프, 그리고 농어도 몇 조각 먹어요. 아주 큰일을 했소. 그러니 자, 어서 먹어요!"

이렇듯 화자는 조르바와 같이 생활하면서 음식을 먹는다는 것이 소중한 '영적 의식'이라는 사실을 깨닫기 시작한다. 조르바를 만나기 전만 해도 그에게 음식을 먹는 것이란 유기체가 생명을 유지하기 위하여 자양분을 섭취하는 행위에 지나지 않았다. 그래서 그는 음식을 먹는 행위에서 아무런 즐거움도 느낄 수 없었다. 이 점과 관련하여 화자는 자신이 태어나 처음으로 먹는 즐거움을 느낀 것이 바로 이곳 크레타섬의 해변이었다고 말한다. 그러면서 그는 "나는 식사도 숭고한 영적 의식이라는 사실을, 고기와 빵과 포도주는 영혼을 만드는 재료라는 사실을 처음 깨달았다."라고 고백한다.

　그리스 동방 정교회를 비롯하여 천주교와 성공회의 성찬 전례에서는 집전자인 사제나 주교가 빵과 포도주를 축성한다. 천주교에서는 빵은 성체, 즉 예수의 몸으로 변화하고 포도주는 성혈, 즉 예수의 피로 실제적인 변화를 한다고 믿는다. 한편 성공회에서는 빵과 포도주가 예수의 몸과 피로 변하는 것은 아니고 성령에 의해 예수가 빵과 포도주에 임재한다고 믿는다. 그런가 하면 개신교에서는 예수의 수난을 기억하는 기억의 성례전으로 이해한다. 어찌 되었든 빵과 포도주가 성령과 관련되어 있음은 틀림없다. 그러나 조르바나 화자는 기독교에서 말하는 성찬의 상징적 의미보다는 세속적 의미에 좀 더 무게를 싣는다.

　조르바는 여성이나 섹스에 대한 태도에서도 무신론적 실존주의의 경향을 보여 준다. 언제가 화자는 조르바에게 금욕주의자인 어느 성인이 여자를 보고 유혹을 느끼자 도끼를 가지고 생식기를 잘라 냈다는 이야기를 해 준다. 그러자 조르바는 "거시기를 자르다니! 멍청한 놈 같으니! 지옥에나 떨어져라! 거시기는 축복일망정 절대 방해물이 아니란 말이오!"라고 버럭 소리를 지른다. 생식기야말로 '천국으로 들어가는 열쇠'라고 잘라 말하면서 "거시기를 상하게 한 자는 천국에 들어가지 못해!"라는, 자못 신성 모독적인 발언을 한다.

　더구나 조르바는 하느님이 최후의 심판의 날에 인간이 범한 모든 죄는 용서해 주시되 이성과 잠자리를 같이할 수 있는

데도 그렇게 하지 않은 사람만은 절대로 용서하지 않는다고 말한다. 조르바는 "하느님은 스펀지 행주를 들고 있다가 모든 죄를 깨끗하게 용서해 주십니다. 다만 이 죄만은 용서하지 않아요. 보스 양반, 여자랑 잘 수 있는데도 자지 않은 사내놈들에게 화 있을진저! 사내놈이랑 잘 수 있는데도 자지 않은 계집년들에게도 화 있을진저!"라고 내뱉는다.

한마디로 카잔차키스는 『그리스인 조르바』에서 지난 몇 세기 동안 당연하게 받아들여 온 기독교의 가치관과 신념을 반성하고 그것을 대신할 새로운 대안을 모색한 것이다. 이 작품이 뭇 독자에게 그토록 신선한 충격을 주는 까닭은 작가가 조금도 주저하지 않고 용기 있게 그 대안을 찾기 때문이다. 화자의 영적 지도자라고 할 알렉시스 조르바는 작가가 입버릇처럼 말하듯이 '자유인' 그 자체라고 할 수 있다.

화자는 '조르바 학교'에서 현대 사회를 살아가는 데 필요한 새로운 지식을 조금씩 터득해 간다. 카잔차키스는 처음에는 불교에 심취에 있던 화자가 조르바와 함께 생활하면서 조금씩 불교의 정적주의나 신비주의에서 벗어나 예술가로 변모하는 과정에 무게를 싣는다. 카잔차키스와 화자는 2차 세계대전 중 무솔리니의 이탈리아군과 히틀러의 독일 나치군의 침략을 받는 등 정치적으로나 경제적으로 무척 궁핍한 시대에 살면서 고통과 좌절과 절망을 예술로 승화시켰다. 니체는 『비극의 탄생』에서 "삶은 예술을 통해 구원받는다."라고 말했고, 그의 『유고집(遺稿集)』에서 "세계는 오직 미적으로만 정당화된다."라고 말하였다. 카잔차키스는 니체의 말을 몸소 실천에 옮겼다고 할 수 있을 것이다.

5 녹색 소설로서의『그리스인 조르바』

지구 환경이 하루가 다르게 악화되면서 인간은 이제 지구가 얼마나 더 버틸 수 있을지 궁금해하는 단계에 이르렀다. 최근 미국우주항공국(NASA) 보고서에 따르면 1만 년이 넘은 거대한 남극 대륙의 빙붕(氷棚)이 지구 온난화로 말미암아 2020년경이 되면 완전히 붕괴될 것이라고 한다. 북극의 빙붕도 사정은 마찬가지다. 해수면의 상승으로 해마다 해안 지대가 15미터 넘게 올라간다. 하루에만 200여 종의 생물종이 지구에서 사라지고 있다. 이렇듯 지구촌 곳곳에서는 지구 종말의 경고음이 속속 들려온다. 새봄이 와 벚꽃이 흐드러지게 피어도 마스크를 쓰고 꽃을 감상해야 하는 시대에 살고 있다. 서울을 비롯한 한반도는 황사와 미세 먼지로 몸살을 앓고 있다. 이제 사람들은 아침에 눈을 뜨면 스마트폰 앱에서 황사와 미세 먼지 수준을 체크하는 것으로 하루 일과를 시작할 정도다.

그래서 비관적인 과학자들은 2050년경이 되면 지구는 들쥐 같은 설치류는 몰라도 인간이 살아가기에는 매우 부적합한 행성이 될 것이라고 내다본다. 그들이 이렇게 주장하는 데는 그럴 만한 과학적 근거가 있다. 21세기 중반이 되면 석탄이나 석유 같은 화석 연료가 모두 고갈되고, 아마존강을 비롯해 지구 몇 군데에 아직 남아 있는 열대 우림이 모두 사라진다는 것이다. 아직 대체 에너지 개발은 요원한데 화석 연료가 고갈되면 인류의 문명이라는 기관차는 하루아침에 멈춰 설 수밖에 없다. 또한 그동안 지구의 허파 구실을 하던 열대 우림이 파괴되고 나면 그 자리에서는 신선한 산소 대신에 온갖 유독 가스가 뿜어 나올 것이다. 이러한 상황에서 문학이 환경 문제를 다루지 않는다면 문학으로서의 존재 이유가 없다고 해도 크게 틀리지 않을 것 같다. 지구라는 타이타닉호가 하루하루 깊은 바닷속으로 침몰하고 있는데 문학이 아름다움이나 사회 변혁을 부르짖은들 무슨 소용이 있을 것인가. 그러므로 지금은 그 어느 때보다 독자들에게 생태주의를 일깨워 주는 녹색 소설이나 생태 소설이 절실하다.

1 카잔차키스와 자연

세계 작가를 통틀어 보아도 니코스 카잔차키스만큼 자연에 관심을 기울인 작가를 찾기란 어려울 것이다. 그가 자연에 깊은 관심을 기울인 것은 유럽에서도 아직 자연이 살아 숨 쉬던 크레타섬에서 태어나 그곳에서 어린 시절을 보냈기 때문이다. 카잔차키스는 신화와 전설이 흘러넘치고 대자연이 아직 파괴되지 않은 채 고스란히 보존되어 있는 원시적인 대자연 속에서 순박한 농부들과 함께 어린 시절을 보냈다. 남달리 감수성이 풍부한 그에게 그리스 본토에서 멀리 떨어져 지중해에 한 떨기 연꽃처럼 떠 있는 크레타섬은 그야말로 낙원과 같은 곳이었다. 그는 이곳에 태어나 자라면서 아름다운 대자연을 보며 무척 감명을 받았다.

카잔차키스는 그의 영적 자서전이라고 할 『그리스인에게 보내는 보고서』에서 유년 시절을 보낸 집의 앞마당을 잊을 수 없다고 말하였다. 그는 온갖 이미지와 수사법을 구사하여 대자연 속에서 보낸 행복한 유년의 경험을 생생하게 기록한다.

그 광경은 얼마나 놀라웠던가! 우리 집의 조그마한 안마당은 끝이 없었다. 벌들이 눈에 보이지는 않지만 윙윙거렸고, 정신이 아찔할 정도로 향기를 뿜어내고 있었으며, 따사로운 햇살은 꿀처럼 끈적거렸다. 공기는 마치 칼로 무장한 듯 번쩍거렸고, 그 칼 사이로 온갖 색깔의 날개를 한 천사처럼 곧추선 사건들이 나를 향하여 돌진해 왔다.

'천사'라는 말에서도 엿볼 수 있듯이 카잔차키스의 집 안마당은 마치 에덴동산과 같았다. 그는 크레타섬에서 보낸 유년 시절의 경험을 회고하면서 "나는 아몬드나무에게 '누이여, 내게 하느님에 대하여 말해 주오.'라고 했다. 그랬더니 아몬드나무가 활짝 꽃을 피웠다."라고 말한 적이 있다. 이 발언에서는 에덴동산에서 아담이 다른 피조물 하나하나에 이름을 부르자 곧 이름이 되었던 대목이 떠오른다. 이렇게 자연 친화적으로 보낸 카잔차키스의 유년 시절은 그야말로 기적의 연속이었다.

그러나 카잔차키스가 태어나 자랄 무렵 크레타섬은 오스만 제국의 굴레에 놓여 있었고 불안한 정세 탓에 그는 두 번이나 고향을 떠나 낙소스섬과 그리스 본토에서 어린 시절을 보내야 하였다. 카잔차키스는 청년 시절에 고향을 영원히 떠났지만 예술적 영감이 필요할 때면 으레 크레타를 찾곤 했다. 그에게 크레타섬은 자애로운 어머니의 품과 같았다. 이러한 환경에서 자란 카잔차키스는 자연에 대한 남다른 애정을 품고 『그리스인 조르바』를 비롯한 여러 작품을 썼다. 이 소설에서 그는 자연과 환경을 생태주의자의 넉넉한 시선으로 바라보며 묘사했다. 그러므로 그의 작품을 생태주의를 일깨우는 녹색 소설로 읽어도 전혀 손색이 없을 것이다.

2 『그리스인 조르바』와 범신론

니코스 카잔차키스가 『그리스인 조르바』에서 보여 주는 세계관은 넓은 의미에서 범신론(汎神論)에 가깝다. 범신론에서 하느님 같은 신은 세계 밖에 별개로 존재하는 인격신이 아니다. 오히려 우주, 세계, 자연에 존재하는 모든 것과 자연법칙을 신으로 간주하거나, 그 세계 안에 신이 내재해 있다고 본다. 그래서 범신론은 흔히 만유신론(萬有神論)이라고 부르기도 한다. 즉 우주의 삼라만상은 신의 발현이며 그 속에는 신이 포함되어 있다고 주장하는 이론이다. 가령 스피노자는 세계를 신의 변형으로 간주하였다. 스피노자는 흔히 범신론의 대표적인 철학자로 알려져 있지만 실제로는 범재신론(汎在神論)을 주창한 철학자에 가깝다. 쉽게 말해서 "All is god."이라고 말하면 범신론이지만, "All is in god."이라고 말하면 범재신론이 된다.

『그리스인 조르바』에서 주인공 알렉시스 조르바는 초월적 존재자로서의 하느님에 대해서는 이렇다 할 관심이 없지만 우주에 존재하는 모든 피조물에는 깊은 관심을 기울인다. 작품의 후반부에서 조르바는 화자와 함께 벌목 문제를 상의하기 위하여 성모의 수도원을 찾아간다. 조르바가 수도원에 먼저 내려가 있는 동안 화자는 근처 소나무 밭에 누워 눈을 감고 잠시 휴식을 취한다.

나는 마음이 안정되고 차분해져 두 눈을 지그시 감았다. 마치 이곳이 천국의 잔디밭인 것처럼, 시원함과 경쾌함과 차분한 도취감이 하느님인 것처럼 나는 천상의 기쁨을 만끽하고 있었다. 하느님은 시시각각으로 그 얼굴을 바꾼다. 하느님이 어떤 모습을 하든 그분을 알아보는 자에게 복 있을진저! 어떤 때 그분은 시원한 물 한 잔이 되기도 하고, 때로는 우리 무릎에 뛰노는 어린 아들이 되기도 하며, 또 때로는 요염한 여자가 되는가 하면, 때로는 길지 않은 아침 산책이 되기도 한다.

이 인용문에서는 카잔차키스와 화자의 범신론적 태도를 단적으로 엿볼 수 있다. 화자가 누워 있는 소나무 밭이 '천국의 잔디밭'이라고 생각하는 것도 그렇고, 자연의 아름다움에 도취된 나머지 하느님처럼 '천상의 기쁨'을 느끼고 있다는 것도 그렇다. 더구나 화자는 하느님이 어떤 때는 시원한 물 한 잔의 모습으로 나타나기도 하고, 또 어떤 때는 인간의 무릎에 뛰노는 천진난만한 어린 아들의 모습으로 나타나기도 한다고 말한다. 그런가 하면 하느님은 천상에서 지상으로 내려와 요염한 여자가 되기도 하고, 상쾌한 아침 산책이 되기도 한다고 말한다. 그러면서 화자는 "하느님이 어떤 모습을 하던 그분을 알아보는 자에게 복 있을진저!"라고 기원하기도 한다.

화자는 뒤이어 "지상과 천국이 똑같았다."라고 고백한다. 조르바가 하느님과 악마를 동일한 차원에 두는 것처럼 화자도 천국과 지상을 동일한 차원에 둔다. 화자의 이 말은 '지상 낙원'이나 '유토피아'라는 개념과는 조금 다르다. 그가 이렇게 지상과 천국을 굳이 구별 짓지 않는 것은 하느님이 여러 모습으로 도처에 존재하기 때문이다. 더구나 화자는 자신의 삶이 "마치 심장에 큼직한 꿀 한 덩이를 품고 있는 야생화처럼" 보였다고 말한다. 그리고 그의 영혼은 "꿀을 수확하고 있는 요란스러운 꿀벌 한 마리"였다고 한다. 이러한 비유를 읽다 보면 범신론이라는 추상적 개념이 갈증 날 때 마시는 한 잔의 물처럼 아주 구체적으로 느껴진다.

3 정령 신앙과 물활론

정령 신앙(精靈信仰)이나 물활론(物活論)으로 일컫는 애니미즘도 넓은 의미에서 범신론의 한 형태로 볼 수 있다. 애니미즘에서는 해, 달, 별, 강 같은 자연계의 모든 사물과 불, 바람, 벼락, 폭풍우, 계절 등 같은 자연 현상에 생명이 있다고 간주한다. 또한 그러한 현상의 영혼을 인정하여 인간처럼 의식, 욕구, 느낌 등이 존재한다고 믿는다. 삼라만상에 정령, 즉 눈에 보이지 않는 어떤 영적인 힘이나 존재가 깃들어 있다고 믿는 것이 정령 신앙이다. 카잔차키스는 이러한 애니미즘을 그의 선조인 고대 그리스 철학자들에게서 물려받았을 것이다.

비단 고대 그리스 철학자들이 아니더라도 고대 그리스인들은 기본적으로 애니미즘을 신봉하고 있었다. 한국과 일본을 포함한 아시아 지역에 널리 퍼져 있는 민속 종교나 샤머니즘도 넓은 의미에서 애니미즘으로 볼 수 있다.

카잔차키스는 『그리스인 조르바』에서 조르바를 통하여 애니미즘 사상을 보여 준다. 조르바는 길가에 돋아 있는 풀 한 포기, 고목에 피어나는 꽃 한 송이, 해변의 조약돌 하나, 공중에 부는 바람 한 줄기도 예사롭게 보아 넘기는 법이 없다. 이 모든 것이 그에게는 음식을 먹고 포도주를 마시는 것처럼 소중하다. 그의 눈에는 삼라만상이 매 순간 무척 싱그럽게 보일 뿐이다. 화자를 비롯한 보통 사람들에게는 너무 익숙해서 그냥 예사로 보아 넘기는 것들을 조르바는 어린아이처럼 천진난만하고 순수한 눈으로 바라본다.

예를 들어 조르바는 어느 날 화자와 함께 해변 오두막에서 포도주를 마시며 삼라만상에는 영혼이 살아 숨 쉬고 있다고 말한다. 그러면서 "모든 것엔 영혼이 있소. 심지어 나무나 돌이나 우리가 마시는 포도주나 우리가 밟고 다니는 땅도 말이오. 모든 것, 만물에 영혼이 들어 있어요."라고 말한다. 조르바가 지닌 정령 신앙이나 물활론을 단적으로 보여 주는 말이다. 생명이 있는 나무에 영혼이 있다고 말하는 것은 쉽지만 포도주나 땅에도 영혼이 깃들어 있다고 말하기란 어려운 일이다.

애니미즘은 조르바와 화자가 한낱 무생물에 지나지 않는 사물에 인간의 속성을 부여하는 의인법을 자주 사용하는 데서도 찾아볼 수 있다. 예를 들어 『그리스인 조르바』의 첫 장면에서 화자는 조르바가 산투리를 꺼내는 모습을 "마치 여자의 옷을 벗기듯 보따리를 조심스럽고도 부드럽게 풀어 닳고 닳아 반질반질한 산투리를 꺼냈다."라고 묘사한다. 크레타섬에 처음 도착한 화자는 조르바에게 다가가 그의 어깨를 툭 치며 "크레타섬이 처음이 아닌가 보죠, 조르바. 꼭 옛날 애인을 바라보듯 바라보고 있으니."라고 말을 건넨다. 또한 화자는 광산이 있는 산을 바라보며 "그 산에는 갈탄 광산이 여인의 턱 밑에서 목 아래로 흑갈색 핏줄처럼 길게 뻗어 있었다."라고 말한다. 그런가 하면 "광산 언덕의 여자 얼굴이 빗속에 의식을 잃고 인간처럼 슬픔에 잠겨 있는 것 같았다."라고 묘사하기도 한다.

심지어 화자는 궐련 담배를 창녀에 빗대기도 한다. 서유럽에서 학업을 마치고 그리스로 떠나던 한 친구가 화자에게 궐련 담배를 그만 끊으라고 말한다. 화자는 늘 궐련 담배를 몇 모금 빨다가 던져 버리기 때문이다. 친구는 화자에게 "자네는 담배에 불을 붙이고 반만 피우고 나서 던져 버리더군. 꼭 거리 여자를 데리고 놀 듯 말이야. 낯부끄러운 물건일세! 파이프와 결혼을 하게나. 이건 말이야, 정절을 지키는 마누라와 같다고 할까. 집에 가면 얌전하게 자네를 기다리고 있는 마누라 말이야. 연기가 공중에서 약혼반지처럼 둥그런 원을 그리는 걸 바라보면서 나를 기억하게!"라고 말한다.

더구나 조르바는 이 세상에 존재하는 것들이 '엄청난 수수께끼'일 뿐만 아니라 어느 것 하나 소중하지 않은 것이 없다고 말한다. 그래서 그는 풀 한 포기, 돌멩이 하나도 무척 소중하게 생각한다. 그가 음식을 먹고 마시는 행위에 관심을 기울이는 것도 따지고 보면 그가 애니미즘을 신봉하는 것과 무관하지 않다. 프리드리히 니체는 『이 사람을 보라』에서 "이 세상에 존재하는 것에는 하나도 빼 버릴 것이 없으며, 없어도 되는 것은 하나도 없다."라고 말하였다. 적어도 이 점에서는 조르바와 니체가 크게 다르지 않다.

이렇게 우주의 삼라만상에도 영혼이 깃들어 있다는 것은 곧 그것들이 인간과 소통할 수 있다는 것을 뜻한다. 조르바는 인간과 자연이 '소울메이트', 즉 영혼의 동반자가 될 수 있다는 가능을 활짝 열어 놓는다.『그리스인 조르바』에서 친구 스타브리다키스의 편지를 받고 자못 마음이 들뜬 화자는 조르바에게 같이 마을로 내려가자고 제안한다. 마을에 가는 도중 조르바는 발걸음을 멈추고 울타리 밑으로 허리를 굽혀 갓 피어난 야생 수선화 한 가지를 꺾어 마치 수선화를 처음 보는 사람처럼 오랫동안 골똘히 바라본다. 두 눈을 지그시 감고 꽃냄새를 맡고는 한숨을 내쉬더니 화자에게 꽃을 건네준다.

"보스 양반, 돌멩이들과 꽃과 비가 하는 말을 알아들을 수 있다면 얼마나 좋을까요! …… 그것들이 우리를 부르고, 또 부르고 있는지도 몰라요. 다만 우리가 그 말을 듣지 못할 뿐이죠. 마치 우리가 불러도 그 녀석들이 듣지 못하는 것처럼 말이오. 도대체 언제쯤이면 인간의 귀가 활짝 열리게 될까요, 보스 양반? 도대체 언제쯤이면 우리가 눈을 떠서 사물을 보게 되고, 또 언제쯤이면 두 팔을 벌려 우리 모두가 ─ 돌멩이, 꽃, 비, 사람들 말이요.─ 서로를 껴안을 수 있을까요?"

이 장면에서 조르바는 한때 마케도니아 혁명대의 빨치산에 합류하여 불가리아인들을 무참히 살해했던 사람이라고는 상상할 수 없다. 세상 물정에 물들지 않은 순수한 소녀의 모습을 보는 듯하다. 또한 조르바는 시인의 상상력이 무색할 정도로 시적 감각이 뛰어나다. 길가에 나뒹구는 돌멩이와 그 옆에 피어 있는 꽃, 심지어 비나 눈 같은 기상 현상이 인간에게 말을 건넨다는 발상이 놀랍다. 그것들이 인간에게 다정하게 말을 걸고 있는데도 인간은 귀를 굳게 닫고 있어 그 말을 알아들을 수 없다는 것이 안타까울 뿐이라니. 인간은 비단 다른 피조물들의 언어를 알아들을 수 없는 것뿐 아니라 정신의 눈이 멀어 다른 피조물들의 진정한 모습을 볼 수도 없게 되었다.

조르바가 화자에게 던지는 "또 언제쯤이면 두 팔을 벌려 우리 모두가 …… 서로를 껴안을 수 있을까요?"라는 마지막 물음을 좀 더 찬찬히 살펴보아야 한다. 조르바는 '도대체 언제쯤이면'이라는 똑같은 표현을 마치 주문(呪文)을 외듯이 무려 세 번에 걸쳐 되풀이한다. 그러한 날이 오기를 그만큼 간절히 바란다는 말이다. 조르바의 이 물음에는 인간 중심주의에 대한 무언의 비판과 안타까움이 짙게 묻어 있다. 돌멩이와 꽃과 비가 인간과 서로 대화를 나누고 서로의 참모습을 보게 되는 세상이 과연 언제 올지는 아무도 모른다. 그러나 만약 그러한 세상이 온다면 그것은 생태적 이상향과 다름없다. 조르바가 이렇게 간절히 꿈꾸는 세상은 인간과 다른 피조물 사이에 놓인 높다란 장벽이 모두 허물어지고 모든 피조물이 서로 평등하고 평화롭게 살아가는 에코토피아일 것이다.

조르바와 함께 생활하면서 삶의 방식을 조금씩 배워 가는 화자도 점차 정령 신앙이나 물활론을 받아들이기 시작한다. 실제로 화자가 심취해 있는 불교도 어떤 의미에서는 애니미즘과 깊이 연관되어 있다. 불교에서는 길가에 나뒹구는 깨어진 기왓장 하나, 지푸라기 하나에도 불성이 깃들어 있다고 하지 않는가. 모든 종교를 통틀어 불교처럼 살아 있는 모든 것에 자비심을 보이는 종교는 찾아보기 어렵다. 불교에 심취한 화자는 처음부터 애니미즘을 받아들일 준비가 되어 있던 셈이다. 앞에서 지적했듯이 그는 산 같은 무생물을 여성으로 의인화하여 묘사하곤 한다. 사물을 의인화한다는 것은 그만큼 인간이 아닌 개체와 종을 인간과 같은 차원에서 생각한다는 것을 뜻한다.

애니미즘과 샤머니즘을 비롯한 범신론은 부계 사회보다는 모계 사회에서 훨씬 쉽게 찾아볼 수 있다. 남성이 흔히 문명, 정신, 동적인 것과 연관되어 있다면, 여성은 흔히 자연, 물질, 정적인 것과 깊이 연관되어 있다. 그래서 모계 사회에서는 온갖 생물과 무생을 기르는 대지를 자애로운 어머니에 빗대는 등 자연 친화적인 특징이 부계 사회보다는 훨씬 강하다. 생태주의자들은 범신론을 받아들이는 문화권에서는 자연을 조직적으로 파괴하거나 환경을 무참하게 더럽히는 일이 드물다고 지적한다. 풀 한 포기, 나무 한 그루, 심지어 물 한 잔 속에도 신이 존재한다고 믿는다면 그것들을 함부로 대하지 못할 것이기 때문이다. 오히려 삼라만상을 경외심으로 대할 것이다. 카잔차키스가 말하는 '신성한 경외심'이나 '신성한 공포'는 이러한 태도와 그렇게 다르지 않다.

카잔차키스는 때로는 정령 신앙이나 물활론을 비롯한 범신론의 범위에서 훨씬 벗어나기도 한다. 『그리스인 조르바』보다 앞서 출간한 『하느님의 구원자들』이라는 종교 에세이에서 그는 하느님이 피조물을 창조한 것이 아니라 오히려 자신이 창조한 것이라고 대담하게 말한다. 카잔차키스는 이 책의 프롤로그에서 "내가 눈으로 보고 귀로 듣고 코로 냄새 맡고 손으로 만지는 것은 하나같이 내 정신이 만들어 낸 것들이다."라고 잘라 말한다. 또한 "내 정신은 '오직 나만이 존재한다!'라고 부르짖는다."라고 말하기도 한다. 정통 기독교인들에게는 신성 모독적이고 불경스럽게 들릴 말이다.

4 대지의 탯줄

방금 앞에서 '대지의 어머니'에 관한 언급이 나왔지만 카잔차키스는 조르바를 대지의 어머니와 연관시킨다. 항구 카페에서 조르바를 처음 만난 화자는 투박하면서도 예사롭지 않은 그의 외모에 적잖이 놀란다. 그러자 조르바는 산투리에 대하여 이야기하면서 이 악기를 연주할 때는 이 악기만 생각해야지 다른 생각을 절대로 해서는 안 된다고 말한다. 그러면서 지금 자신이 한 말을 잘 알아들었느냐고 묻는다.

내가 '알아들은' 것은 이 조르바라는 작자가 내가 오랫동안 찾았지만 찾을 수 없던 바로 그 사람이라는 사실이었다. 살아 있어서 팔딱거리는 심장, 따스한 온기가 느껴지는 목소리, 대지에서 아직 탯줄이 끊어지지 않은 거칠고 야성적인 영혼. 가장 단순한 인간의 언어로 이 노동자는 내게 예술, 사랑, 아름다움, 순수, 정열의 의미를 뚜렷하게 일깨워 주었다.

화자는 조르바를 우연히 만났을 뿐인데도 마치 오랫동안 찾던 배우자를 만난 것처럼 무척 기뻐한다. 선뜻 그를 광산 노동자들을 감독하는 책임자로 고용한 것도 바로 그 때문이다.

조르바야말로 화자의 말대로 "대지에서 아직 탯줄이 끊어지지 않은 거칠고 야성적인 영혼"이다. 그동안 인류가 자연을 파괴하고 환경을 오염시켜 온 것은 따지고 보면 대지에서 탯줄이 끊어졌기 때문이다. 대지에서 탯줄이 끊어졌다는 것은 곧 인간이 자연에서 멀어지며 그것을 '나'가 아닌 '너', 즉 타자(他者)로 간주했다는 것을 뜻한다. 이렇게 인간이 자신을 둘러싼 세계를 주체(나)와 객체(너)로 나눌 때 객체에 대한 지배와 종속이 생겨나게 마련이다.

화자는 대지와 탯줄의 관계를 벌레와 나뭇잎의 관계로 묘사하기도 한다. 작품의 후반부에서 화자가 조르바에게 "우리는 한낱 조그마한 벌레에 지나지 않습니다. 엄청나게 큰 나무의 가장 작은 잎사귀에 붙어 있는 아주 작은 벌레 말입니다. 이 조그마한 잎이 바로 지구예요. 다른 잎들은 밤에 움직이는 별들이고요."라고 말하는 장면이 나온다. 물론 여기서 화자는 인간 실존을 말하고 있지만 차원을 낮추어 형이하학적으로 읽어도 크게 무리가 없다. 지구가 큰 나무의 가장 작은 나뭇잎이라면 인간은 그 나뭇잎에 붙어 살아가는 조그마한 벌레에 지나지 않는다. 화자가 말하는 "엄청나게 큰 나무"는 태양계와 대기권과 생물권을 포함한 우주 전체를 가리킨다. 그렇다면 지구는 이렇게 엄청나게 큰 우주라는 나무에 속한 "가장 작은 잎사귀"일 뿐이다.

화자가 말하는 탯줄은 환경 위기나 생태계 위기를 낳은 장본인이요 철학적 기반이라고 할 이항 대립이나 이분법을 가리키는 은유다. 인간이 대지에서 탯줄이 끊기는 순간 대지를 객체로 간주하여 재배와 종속의 대상으로 삼듯이, 철학이 사물이나 개념을 이항 대립이나 이분법의 논리로 나누는 순간 동일자는 타자를 지배하고 종속하려 든다. 조국을 두고 논쟁을 벌이는 장면에서 조르바는 화자가 아직 이항 대립이나 이분법의 굴레에서 벗어나지 못했다고 지적한다.

"그래요, 보스는 이해하지요. 그런데 머리통으로 이해하는 겁니다. 옳다/그르다, 이런 방식/저런 방식, 선/악, 당신은 이렇게 이분법적으로 말해요. 하지만 그 결과가 어떤가요? 보스가 말하는 동안 난 당신의 팔이며 발이며 가슴을 관찰합니다. 그런데 그것들은 생명이 없는 것처럼 아무 말 없이 침묵을 지키고 있습디다. 그러고도 이해한다고 말하죠. 무엇으로 이해하나요? 바로 머리통이죠? 푸우!"

조르바의 말대로 '옳다/그르다'니 '이런 방식/저런 방식'이니 '선/악'이니 하는 이분법이나 이항 대립의 잣대는 어디까지나 두뇌 작용의 산물일 뿐 구체적인 삶과는 동떨어져 있다. 이러한 이분법이나 이항 대립은 곧 영혼/물질, 정신/육체, 인간/자연으로 이어지고 결국에는 자연과 환경을 파괴하는 이론적 근거가 된다. 다시 말해서 인간은 그동안 자연과 인간을 이항 대립적 또는 이분법적으로 파악하면서 자연을 조직적으로 파괴해 왔다. 잘 알려진 것처럼 르네 데카르트는 영혼이 있느냐 없느냐에 따라 모든 피조물을 작두날 위에 올려놓고 두 쪽으로 나누었다. 그는 오직 인간만이 영혼이 있을 뿐 나머지 피조물에는 영혼이 없다고 결론지었다. 그래서 데카르트는 인간이 자신의 이익에 맞게 자연을 마음대로 지배하거나 종속시키거나 이용할 수 있다고 생각하였다. 이 점에서는 데카르트보다 몇 십 년 전에 활약한 프랜시스 베이컨도 마찬가지였다. 베이컨이 "지식이 힘이다."라고 말했을 때 그가 말하는 '지식'이란 곧 과학적 지식이었다. 그는 과학적 지식을 바탕으로 자연을 정복하고 심지어 고문을 가해서라도 그 비밀을 알아내야 한다고 부르짖었다.

카잔차키스는 『그리스인 조르바』에서 탯줄과 비슷한 은유로 이유(離乳)를 사용한다. 탯줄이 갓 태어난 신생아와 관련이 있다면 이유는 태어난 지 몇 달 지난 갓난아이와 관련이 있다. 화자의 친구 중에는 카라얀니스라는 괴짜 친구가 있다. 아프리카에서 사업을 하는 그는 어느 날 화자에게 긴 편지를 보낸다. 이 편지에서 그는 화자에게 "아, 이 그리스인이여, 도대체 언제쯤이면 자네는 유럽, '바빌론 제왕, 창녀의 어머니요 지구상에 존재하는 혐오스러운 것들의 어머니'라고 할 유럽에서 젖을 뗄 작정인가?"라고 다그친다. 유럽에서 젖을 뗀다는 것은 유럽의 문명과 문화의 영향권에서 벗어난다는 것을 뜻한다. 그런데 생태주의 관념에서 보면 카라얀니스의 이 말은 또 다른 의미가 있다. 자못 웅변적인 그의 말에는 유럽의 기술 문명이 오늘날 인류가 겪고 있는 환경 위기나 생태계 위기를 가져온 장본인이라는 함의가 들어 있다. 그러면서 카라얀니스는 유럽인들이 그동안 기독교의 빛이 들어가지 않은 무지와 몽매의 땅이라고 불러온 동양의 사상과 철학에 눈을 돌릴 것을 촉구하고 있다.

5 영원한 자연의 순리

인간과 자연을 이항 대립적으로 간주한다는 것은 자연

의 순리에 어긋나게 행동한다는 것을 뜻한다. 니코스 카잔차 키스는『그리스인 조르바』에서 화자를 통하여 인간이 자연의 섭리를 위반할 때 어떤 결과를 낳는지 웅변적으로 보여 준다. 화자는 자연 법칙을 거스르는 행위가 얼마나 큰 죄악인지 깊이 깨닫는다. 앞 장에서 이미 자세히 언급했듯이 화자가 나비의 애벌레에게 인위적으로 따스한 입김을 불어넣어 죽게 만든 일화가 바로 그것이다. 어느 겨울 새벽에 일어난 이 일을 기억하며 화자는 평생 죄의식에서 좀처럼 벗어나지 못한다.

나는 솜털처럼 가벼운 나비의 사체가 내 양심을 짓누르는 가장 무거운 짐이 되었다고 믿는다. 나는 그날 이 진리를 깊이 깨달았다. 영원한 자연의 법칙을 재촉하는 것은 치명적인 죄라는 사실을. 인간의 의무는 영원불변하는 자연의 리듬을 믿고 따르는 것이라는 사실을.

화자는 이 경험으로 죄의식을 느끼는 데에 그치지 않고 삶의 소중한 교훈을 얻었다. 그가 자신 때문에 죽은 나비가 보잘것없는 피조물이 아니라 인간의 영혼과 '자매'라고 생각한다는 점이 무척 흥미롭다. 바닷가 바위에 앉아 새해 결심을 하는 화자는 "너무 일찍 죽어 버린 나비가 그의 자매 중 하나, 즉 인간 영혼이 서두르지 말고 느긋한 속도로 날개를 펼치도록 도와주기를!"이라고 기원한다. 화자의 이 말에서는 우주의 삼라만상을 형제자매라고 노래한 성 프란치스코의 「태양 찬가」가 금방 떠오른다.

카잔차키스에게 나비는 좁게는 온갖 피조물, 더 넓게는 자연을 가리키는 제유다. 인간은 그동안 문명과 진보라는 그럴듯한 이름으로 인간 외의 피조물과 자연을 무참하게 짓밟아 왔다. 인간은 여러 형태로, 여러 방법으로 자연 전체에 입김을 호호 불어넣었다. 가령 댐을 쌓아 자연스럽게 흐르는 물줄기를 막았고, 지구의 콩팥이라고 할 개펄을 막아 염전이나 농토로 만들었다. 그런가 하면 산에 터널을 뚫고 개천을 잇는 다리를 세우고, 바다를 메워 육지로 만들었다. 그러한 과정에서 자연은 나비의 애벌레처럼 죽고 말았다. 인간은 그동안 정신이 아찔할 만큼 문명의 성을 높이 쌓아 올렸지만 그 문명의 성이 이제는 인간의 삶을 위협하고 있다.

6 세 부류의 인간

니코스 카잔차키스는 『그리스인 조르바』에서 화자가 정신적으로, 예술적으로 뿐만 아니라 생태적으로도 성숙해 가는 모습을 보여 준다. 자하리아스 수사가 조르바의 부추김을 받고 성모의 수도원에 불을 지른 뒤 화자는 조르바에게 인간에는 세 가지 부류가 있다고 말한다. 자신을 위한 삶을 사는 인간, 인류를 위한 삶을 사는 인간, 우주를 위한 삶을 사는 인간이 그것이다.

"조르바, 내 말이 틀릴지도 모르지만, 나는 인간에는 세 부류가 있다고 믿습니다. 소위 먹고 마시고 사랑하고 돈 벌고 명성을 얻는 걸 자기 삶의 목표라고 하는 사람들이 있어요. 또 한 부류는 자기 자신의 삶을 사는 게 아니라 인류 전체의 삶을 사는 부류입니다. 이 사람들은 인간을 계몽하고 사랑하고 다른 사람에게 도움을 주려 애쓴다는 점에서 인간이란 결국 하나라고 생각하지요. 그리고 마지막 부류는 전 우주의 삶을 살려는 사람들입니다. 이 사람들은 인간이나 짐승이나 식물이나 별들이나 모두 동일하다고 봅니다. 말하자면 물질을 정신으로 바꾸는 일에 똑같이 투쟁하고 있는 한 실체라는 겁니다."

이 말을 듣자 조르바는 머리를 긁적이며 화자에게 무슨 말인지 도무지 알아들을 수 없다고 솔직하게 고백한다. 조르바의 지적 능력으로는 이 철학적 진술을 쉽게 이해하기 어려울 것이다. 그래서 조르바는 화자에게 방금 말한 내용을 춤으로 표현하면 쉽게 알아들을 수 있을 것 같다고 말한다.

위 인용문에서 화자가 의도하는 바는 어떤 대상이나 목표를 염두에 두고 살아가느냐에 따라 인간은 크게 세 갈래로 나눌 수 있다는 점이다. 문학 작품을 출간하여 동료 인간을 계몽하고 도움을 주려고 한다는 점에서 화자는 두 번째 갈래에 속한다고 볼 수 있다. 어떤 의미에서 『그리스인 조르바』는 창백한 지식인이 불교의 영향권에서 점차 벗어나 세속적 삶을 경험하면서 소설가로 성장해 가는 과정을 그린 예술가 소설로 읽을 수도 있다. 말하자면 이 작품은 '젊은 그리스 소설가의 초상'이라고 할 만하다.

그러나 조르바를 어느 갈래로 분류할지는 그렇게 간단하지 않다. 카르페 디엠의 인생관이나 세계관에 따라 먹고 마시고 사랑하는 일에 온 힘을 쏟는다는 점에서 보면 그는 분명히 이 세 갈래 중에서 첫 번째 갈래에 속하는 인간이다. 물론 그는 돈을 버는 데는 비교적 무관심하고 명성을 얻는 데는 전혀 관심이 없지만 말이다. 그러나 인간이나 짐승이나 식물이나 별들이나 모두 동일하다고 생각할 뿐만 아니라 인간을 포함한 모든 피조물이 "물질을 정신으로 바꾸는 일에 똑같이 투쟁하고" 있다고 생각한다는 점에서는 세 번째 갈래로 분류하여도 무리가 없을 것이다.

그런데 여기서 무엇보다도 중요한 것은 화자가 조르바와 함께 일곱 달 남짓 생활하면서 점차 조르바의 생태주의적 세계관을 받아들인다는 점이다. 작품 첫머리에서 화자는 비록 불교에 심취해 있었지만 불교의 자비를 관념적으로 받아들일 뿐 그것을 몸소 실천으로 옮기지는 않았다. 그러나 그는 조르바의 영향을 받으면서 점차 인간은 말할 것도 없고 인간이 아닌 다른 피조물을 생태주의적인 관점에서 바라보기 시작한다. 그가 소설가로 변신하는 것과 그가 생태주의를 깨닫는 것은 동일선상에 놓여 있다.

조르바가 꿈꾸는 세계가 인간과 다른 피조물이 평화롭게 공존하는 에코토피아라면, 화자가 꿈꾸는 세계는 그러한 세계의 예비 단계로 먼저 인간과 인간이 서로 조화와 균형을 꾀하며 살아가는 평등한 사회다. 여기서 굳이 미국의 마르크스주의 사회학자 머리 북친(Murray Bookchin)이 주창한 사회 생태학을 언급하지 않는다고 하더라도 화자의 이상은 사회 생태학과 맞닿아 있다. 물론 북친이 사회 생태학 이론을 전개하기 시작한 것은 1960년대이고, 카잔차키스가 『그리스인 조르바』를 집필한 것은 1940년대 초다. 그러나 한때 마르크스주의에 심취한 카잔차키스로서는 북친처럼 계급 문제에 관심을 기울이지 않을 수 없었다. 북친은 오늘날 환경이나 생태 문제를 해결하려면 무엇보다도 먼저 인간과 인간 사이의 장벽을 허물어뜨려야 한다고 지적하였다. 다시 말해서 계급 질서를 먼저 무너뜨리지 않고서는 이 문제를 해결한다는 것은 공염불에 지나지 않는다. 환경 위기나 생태계 위기의 뿌리를 거슬러 올라가다 보면 궁극적으로 인간에 의한 인간의 지배가 도사리고 있기 때문이다.

조르바를 만난 지 얼마 안 된 어느 날 화자는 그에게 자신이 꿈꾸어 온 사회를 귀띔해 준다. 그는 조르바에게 마음속으로 "신인류 공생의 효모가 될 새로운 '코이노니아'"를 꿈꿔 왔다고 밝힌다. '코이노니아(Koinonia)'란 협동 또는 친교를 뜻하는 그리스어를 영어식으로 표기한 말이다. 신약 성서에서 자주 쓰이는 이 말은 초대 그리스도 교회에서의 관계를 뜻한다. 코이노니아는 특히 성도들 간의 교제를 뜻할 때 많이 사용하지만, 성도의 교제란 단순히 개인적인 친교에만 그치는 것이 아니라 그리스도의 한 지체로서 그리스도의 몸을 이루어 가는 것이다. 그러므로 온전한 성도의 교제를 이루기 위해서는 무엇보다도 먼저 사랑이 필요하다.

화자는 코이노니아를 실천하기 위하여 가끔 갈산 탄광을 방문하여 인부들과 어울리려 한다. 그는 노동자들과 대화를 나누고 질문을 하며 그들 각자의 인적 사항을 알아낸다. 아이는 몇이나 되고 시집보낼 누이가 몇이나 되는지, 무슨 걱정거리나 질병이나 시련이 있는지, 연로하고 병약한 부모는 없는지 등을 낱낱이 꿰고 있다. 화자는 갈탄 채굴 사업이 성공하면 이상주의 공동체를 세우려고 계획하고 있기 때문이다. 화자는 "모두가 형제처럼 같이 일하고, 모든 것을 공유하고, 모두가 같은 음식을 먹고, 같은 옷을 입는 일종의 공동체를 만들려고 했다."라고 밝힌다. 그는 초대 교회의 공동체나 원시 공동체를 꿈꾸고 있었다. 한때 마르크스주의에 심취했던 카잔차키스는 이 무렵에 이르러 소련의 공산주의 체제에 환멸을 느끼고 있었다.

물론 조르바는 화자의 이러한 태도를 매우 못마땅하게 여긴다. 그는 성을 내며 화자에게 "인부들은 우두머리가 세게 나가야 두려워하고 존경하고 일도 열심히 합니다. 하지만 물러 터지게 굴면 보스 양반이 자기 자신들을 위한 말(馬)이라도 되는 줄 알고, 안장을 채우고 올라타서 자기들 마음대로 빈둥대기 시작해요. 어디 내 말 알아듣겠소?"라고 쏘아붙인다. 하루는 조르바가 일을 마치고 저녁에 돌아와서 화가 치밀어 올라 견딜 수 없다는 듯이 곡괭이를 오두막 밖으로 집어던지며 소리친다. "내 말 잘 들어요, 보스. 내가 진짜 이렇게 애원합니다. 제발 그만 좀 끼어들어요! 내가 애써 세워 놓으면 보스 양반이 깡그리 무너뜨리고 있어요. 오늘은 그 사람들한테 도대체 무슨 헛소리를 한 거요? 사회주의라니! 이 무슨 귀신 씻나락 까먹는 소리요! 당신은 도대체 뭐요? 목사요, 아니면 자본가요? 그중 하나만 선택하시오!" 그러나 화자는 화자대로 좀처럼 고집을 꺾으려 하지 않는다. 어렸을 적부터 그는 인류가 "한 형제가 되어 공생하는 세계를 찾아내려고" 갈망해 왔기 때문이다. 화자는 "이 현세의 지상과 내세의 천국 모두에서 이득을 보고 싶었다."라고 고백한다. 물론 자본가와 노동자가 하나가 되는 이상주의적인 공동체를 세우고자 한 그의 계획은 갈탄 광산 사업이 실패로 돌아가면서 마침내 물거품으로 끝나고 만다.

티 없는 옥이 없다고, 생태주의를 일깨우는 녹색 소설로 서의 『그리스인 조르바』에도 한계가 없지 않다. 카잔차키스 는 다른 작품에서도 마찬가지지만 특히 이 소설에서 남성 중 심의 가부장 질서를 유별나게 내세운다. 그러나 여성을 폄하 하거나 무시한 채 파괴된 자연과 오염된 지구 환경을 되살 려 내기란 여간 어렵지 않다. 이미 몇 십 년 전부터 서양에서 는 에코페미니즘이라는 학문이 환경 담론으로 자리를 잡았 다. 한국어로 '생태 여성주의'로 옮길 수 있는 이 용어에는 생 태학과 여성주의를 창조적으로 결합하여 환경과 생태 위기를 해결하기 위한 노력이 담겨 있다. 단순히 여성 차별의 철폐에 그치지 않고 인종 차별, 능력 차별, 나이 차별 등 모든 차별의 벽을 허물려고 노력한다는 점에서 에코페미니즘은 최근에 대 두된 이론 중에서 가장 야심 찬 이론이라고 할 만하다.

에코페미니즘을 한마디로 요약한다면 남성과 여성 사이 에 놓여 있는 젠더의 문제를 먼저 해결하지 않고서는 환경과 생태 위기를 극복할 수 없다는 이론이다. 오늘날의 환경 위기 도 엄밀히 따지고 보면 그동안 남성이 여성을 타자로 지배하 고 착취한 것에서 비롯한다는 것이다. 다시 말해서 에코페미 니즘 이론가들은 남성이 여성을 타자로 지배하고 착취해 온 것을 인간이 자연을 타자로 지배하고 착취해 온 것과 동일한 차원에서 이해하려고 한다. 이제껏 여성과 자연은 타자의 위 치에 놓여 있었기 때문이다.

오늘날 인류가 겪고 있는 환경 문제를 여성만이 해결할 수 있다고 주장하는 것도 문제지만, 여성을 배제한 채 남성만

이 해결할 수 있다고 생각하는 것은 더욱 큰 문제다. 환경 문제나 생태 문제에서는 성별이나 성차의 구별이 아무런 의미가 없다. 지구라는 타이타닉호가 깊은 바닷속에 침몰하고 있는데 누가 더 환경 담론 실천의 적절한 주체가 될 것인지 따지는 것은 부질없는 일이기 때문이다. 환경 문제에서는 젠더뿐만 아니라 인종이나 사회 계급도 아무런 힘을 발휘하지 못한다. 여기서 "빈부에는 계급이 있지만 공해는 민주적이다."라는 독일의 사회학자 울리히 벡의 말을 다시 한번 마음에 되새겨야 할 것이다. 부자건 가난한 사람이건, 남성이건 여성이건, 제1세계 국가의 주민이건 제3세계 국가의 주민이건 공해는 공평하게 모든 사람에게 골고루 해를 끼치게 마련이다.

그러나 놀랍게도 생태주의를 표방하는 카잔차키스는 『그리스 조르바』에서 여성을 비하하거나 폄하하는 남성 우월주의자의 태도를 보여 준다. 작가가 여성을 부정적으로 낮추어 말하거나 여성에게 함부로 행동하는 것을 이 작품 곳곳에서 그다지 어렵지 않게 찾아볼 수 있다. 이 점에서 그는 철저하게 가부장제를 부르짖는 작가라고 할 수 있다. 물론 카잔차키스가 활약하던 20세기 전반부에는 지금처럼 남녀평등 사상이 그렇게 널리 퍼져 있지 않았다. 그러나 이 점을 감안한다 하여도 그는 페미니즘에 역행하는 남성 우월주의자라는 낙인이 찍히기에 충분하다.

카잔차키스의 반여성적인 언행은 알렉시스 조르바를 비롯하여 아나그노스티스 영감과 화자 등 거의 모든 남성 작중 인물들에게서 쉽게 찾아볼 수 있다. 조르바는 여성을 남성과 전혀 다른 차원의 인간으로 취급하기 일쑤다. 그는 여성을 언급할 때 흔히 '암컷'이라고 부른다. 마담 오르탕스 호텔에서 식사와 함께 거나하게 포도를 마신 뒤 조르바가 호텔 여주인에게 보이는 행동은 좋은 예가 된다.

조르바는 후끈 달아올라 있었다. 오른손으로는 콧수염을 비비 꼬는 한편, 왼손으로는 술에 취한 카바레 여가수를 더듬고 있었다. 그는 숨을 약하게 내쉬며 말했고 눈은 졸린 듯 가슴츠레했다. 확실히 조르바가 지금 바라보고 있는 것은 화장을 떡칠한 장승 같은 여자가 아니라 그가 툭하면 여자를 부를 때 사용하는 '암컷'이었다. 인격도 사라지고, 용모도 사라져 버렸다. 젊든 늙든, 아름답든 추하든, 모든 것은 무시해도 좋은 한낱 하찮은 구분에 지나지 않았다. 모든 여자 뒤에서 신성하고 신비로 가득한 아프로디테의 얼굴만이 근엄하게 떠오를 뿐이었다.

이 장면에서 조르바에게 여성은 남성의 육욕을 충족하기 위한 수단에 지나지 않는다. '암컷'이라는 낱말은 '수컷'에 대응하는 것으로 생물학적 성별에 따른 구분이다. 그에게는 여성의 인격이나 용모 같은 것은 이렇다 할 의미가 없고 오직 성의 도구로서만 의미가 있을 뿐이다. 이 점과 관련하여 '아프로디테'라는 말도 눈여겨볼 필요가 있다. 아프로디테는 그리스 신화에 나오는 아름다움과 사랑의 여신이다. 바다의 거품에서 태어났으며, 올림포스의 12신 중 하나로 로마 신화의 베누스에 해당한다. 아프로디테는 사랑의 신인 만큼 사랑을 이루어 달라고 기도하는 사람들의 소원을 들어주지만, 신성한 사랑을 모독하는 인간에게는 무서운 복수를 내린다.

화자는 조르바에게 마담 오르탕스와 관계를 맺을 때 새장에 갇힌 앵무새가 "카나바로! 카나바로!"라고 그녀의 옛 애인

이름을 부르는데 기분이 나쁘지 않느냐고 묻는다. 그녀는 비단 이탈리아의 해군 제독 카나바로만이 아니라 수많은 남성과 잠자리를 같이해 온 창녀였다. 조르바는 마담 오르탕스에게는 남자를 정신 못 차리게 하는 재주가 있다고 언급하면서 "눈을 감으면 꼭 스무 살짜리 계집애를 안고 있는 것 같은 착각이 들거든. 아하, 술에 잔뜩 취해 불을 끄면 그 여자는 영락없는 스무 살짜리가 됩디다."라고 농담 반 진담 반으로 말한다. 그러면서 "사람들은 이렇게 말하겠지. 벌써 반쯤 썩어 문드러졌다고, 믿기 어려운 짓을 하면서 살아 왔고, 해군 제독, 선원, 어린 육군 사병, 농부, 행상인, 신부, 어부, 경찰, 교사, 목사, 치안 판사들이랑 한 번씩 놀아났다고."라고 밝힌다. 그러나 조르바는 성행위를 하는 동안에는 "이 더러운 매춘부"가 과거 경험을 모두 잊어버리고 다시 "순결한 비둘기 한 마리, 부끄러워 얼굴을 붉히는 순진무구한 귀염둥이"가 된다고 말한다. 조르바는 "꼭 태어나 처음 하는 것처럼 얼굴을 붉히고 몸을 파르르 떱디다! 여자는 정말 알다가도 모를 존재요, 보스 양반. 수천 번 벌렁 누워 나자빠져도 숫처녀로 다시 일어서는 거요."라고 말한다. 그 이유는 남성과는 달리 여성이 과거의 경험을 기억하지 못하기 때문이라는 것이다. 조르바는 여기서 여성의 강인한 정신력이나 복원력에 찬사를 보내는 것 같지만 실제로는 성에 탐닉하는 여성의 속성을 은근히 꼬집고 있다.

　여성에 대한 조르바의 편견과 오해는 한두 가지가 아니지만 그중에서도 여성을 병적이고 불평만 늘어놓는 부정적인 존재로 언급한다는 점을 빼놓을 수 없다. 또한 그는 여성을 오직 성적인 것과 연관시키려고 한다. 조르바에 따르면 여성이란 오로지 남성에게서 사랑받고 싶다는 생각밖에는 없다. 화자가 조르바에게 정말 그렇게 믿느냐고 다짐하여 묻자 그는 그렇다고 단호하게 대답한다. "여자는 말이오, 오로지 한 가지 생각밖엔 없어요. 아주 병적인 존재에다 분명히 말해 두지만, 불평이 많아요. 만약에 너를 사랑한다, 너를 원한다고 말하지 않으면 눈물이 수돗물처럼 줄줄 흐릅니다. 물론 여자는 당신을 원하지도 않고, 심지어 아주 싫어할 수도 있으며, 매몰차게 당신을 거절할지도 몰라요. 하지만 그건 별개의 문제요." 한마디로 여성은 병적인 존재일 뿐만 아니라 이기적인 존재라는 것이다.

더구나 조르바는 남성과는 달리 여성에게는 평생 아물지 않는 '상처'가 하나 있다고 생각한다. 그런데 이 상처는 나이와는 아무런 상관이 없다. 하루는 자신의 할머니를 언급하면서 조르바는 화자에게 "여자는 말이야, 아주 끔찍이도 아리송한 존재요. 절대로 아물지 않는 상처가 하나 있소. 다른 상처는 다 아물어도 절대로 아물지 않는 상처가 하나 있단 말이지."라고 말한다. 여기서 조르바가 언급하는 '상처'가 무엇인지는 새삼 말할 필요가 없을 것이다. 이렇게 여성을 오직 성적 대상으로 간주하는 조르바에게 여성의 순결이나 정절 같은 것은 별다른 의미가 없다. 조르바에게 여성이란 목마른 뭇 남성이 거쳐 가는 샘물과 같은 존재일 따름이다.

"여자란 맑은 샘물과 같소이다. 남자는 몸을 숙여 물이 비친 자기 얼굴을 보고선 물을 마시지. 마시고 나면 뼈마디가 삐걱거려. 그런 다음 목마른 또 다른 사람이 옵니다. 그도 자기 차례가 되면, 몸을 숙이고 거기에 비친 자기 얼굴을 보고서 물을 마셔. 그다음에 또 다른 사람이 와요. 샘물이라는 게 그런 거고, 여자라는 게 그런 거요."

　이렇게 여성을 한 인격체로 인정하지 않고 오직 남성을 위한 수단과 도구로만 생각하는 것은 비단 조르바 한 사람에 게만 그치지 않는다. 마을에서 가장 나이가 많은 원로요 유지인 아나그노스티스 노인도 이 점에서는 조르바와 크게 다르지 않다. 영감은 어머니의 진통 때문에 자신이 무척 어렵게 태어난 과정을 설명하면서 하느님이 자신을 귀머거리로 태어나게 한 것이 차라리 다행이라고 말한다. 그의 아버지는 아내가 아무리 진통을 겪어도 아이를 분만하지 못하자 수도원에 찾아가 성모에게 신성 모독적인 발언을 한다. 그러자 성모가 그의 아이를 귀머거리로 태어나게 했던 것이다. 아나그노스티스 영감은 "하느님을 찬양하리로다! 그분은 나를 장님으로 만들거나, 병약하게 하거나, 꼽추, 아니면 — 이 정도까지 망가지는 일은 생각하기도 싫지만! — 계집애로 만들어 버리셨을 수도 있었지! 그러니 이건 아무것도 아니야. 난 성모님의 은총을 찬양하네."라고 말한다. 귀머거리로 태어날 망정 여자로 태어나지 않은 것이 천만다행이라고 말하는 것만큼 여성을 폄하하는 발언도 없을 것이다.

　더구나 아나그노스티스 영감은 아네지니오라는 아내를 배우자로서 자신과 동등하게 생각하는 것이 아니라 하인처럼 취급한다. 가령 영감이 아내에게 음식을 가져오라고 명령을 내리면 그녀는 시키는 대로 하고 나서 식탁에 두 손을 모으고 눈을 내리깐 채 그대로 서서 다음 명령이 떨어지기를 기다린다. 아나그노스티스 영감 부부 문제를 두고 조르바와 화자는 대화를 나눈다. 화자가 두 부부의 문제점을 지적하자 조르바는 이 세상의 수많은 부부가 그들과 크게 다르지 않다고 지적한다. 그러면서 그들이 지금껏 살아온 방식대로 살도록 그냥 내버려 두는 것이 상책이라고 말한다. 동양에서는 말할 것도 없고 서양에서도 남성 중심의 가부장 질서가 얼마나 뿌리깊게 자리를 잡았는지 시사하는 대목이다. 조르바의 말을 들으면서 화자는 "나는 무엇을 무너뜨려야 할지는 분명히 알고 있었지만 그 폐허 위에 무엇을 다시 세워야 할지는 알지 못했다."라고 고백한다. 화자는 가부장 질서를 무너뜨려야 한다는 사실을 충분히 깨닫고 있으면서도 그 자리에 세워 올릴 새로운 질서에 대해서는 자신감이 없다.

적어도 이 점에서는 화자도 조르바나 아나그노스티스 영감과 크게 다르지 않다. 하루는 자신도 모르게 화자의 발길이 미망인 소르멜리나의 과수원에 닿는다. 그때 과수원의 갈대 울타리와 손바닥 선인장 뒤에서 여자의 달콤한 콧노래 소리가 부드럽게 들려온다. 화자가 가까이 다가가 갈대를 헤치고 보니 미망인이 오렌지나무 밑에 서서 꽃가지를 꺾으며 노래를 부르고 있다. 황혼 속에서 반쯤 드러난 그녀의 젖가슴이 하얗게 반짝이고 있다. 이 광경을 바라보며 화자는 숨을 죽이고 "여자들이란 들짐승, 그래 들짐승과 다름없구나. 여자들도 그걸 알고 있어. 여자들과 비교해 보면 사내들이란 얼마나 연약하고 속절없고, 바보 멍청이 같고, 참을성 없는 정신 나간 짐승들이란 말인가."라고 혼잣말로 속삭인다. 그러면서 화자는 "이 암컷 들짐승들은 온갖 곤충의 암컷과 닮아 있어. ─ 사마귀 암컷, 방아깨비 암컷, 거미 암컷. 새벽이면 만족할 수 없는 식욕으로 수컷을 잡아먹는 곤충 말이다."라고 덧붙인다. 이 장면에서는 화자의 말인지 조르바의 말인지 잘 구별할 수 없을 만큼 서로 생각이 비슷하다. 여성을 들짐승으로 간주하는 것도 그렇고, '암컷'이라고 부르는 것도 그렇다.

화자는 도덕과 윤리 또는 체면 때문에 선뜻 나서지 않을 뿐 마음속으로 미망인의 육체를 은근히 바란다. 실제로 온 마을 사내들이 하나같이 그녀를 상상 속의 정부(情婦)로 삼다시피 한다. 경건한 안드롤리오스 노인도 "등불을 끄고 나면 사내놈들은 마누라가 아니라 저 과부를 품에 안고 있다고 믿을 거야."라고 말한다. 그러면서 그는 "과부를 휘감는 허벅지마다 복이 있을지어다!"라고 속삭이기도 한다. 오죽하면 파블리스 청년이 미망인을 짝사랑하다 사랑에 실패하자 바다에 뛰어들어 자살할까.

그런데 여기서 화자가 사마귀 암컷과 방아깨비 암컷을 언급하는 것은 여성의 성적인 측면을 부각시키기 위해서다. 암컷은 넓은 서식지에서 찾기 힘든 수컷을 부르기 위하여 페로몬이라는 생체 물질을 내보내 수컷을 유혹한다. 더구나 번식기의 사마귀와 방아깨비 암컷은 수컷과 교미 도중에 수컷을 잡아먹는다는 속설이 오래전부터 전해 내려왔다. 최근 생물학자들은 실험을 통하여 그것이 단순한 속설이 아니라 사실임을 입증하였다. 교미 중에 암컷이 수컷을 잡아먹을 때 잡아채기 쉬운 머리부터 먹기 시작하는데 사마귀의 머리는 억제 중추가 위치한 곳이기 때문에 머리가 잘리면 억제 신경이 없어서 몸의 성행위가 더욱 격렬해진다고 한다. 최근 연구 결과에 따르면 암컷이 수컷을 교미 중에 잡아먹으면 암컷이 낳는 알의 수가 더욱 많아진다는 것이 밝혀졌다. 지그문트 프로이트는 일찍이 삶의 충동, 즉 자기 보존의 성적 충동을 표현하는

에로스에 대립되는 개념으로 타나토스라는 죽음 충동이 있다
고 지적하였다. 사마귀와 방아깨비는 에로스(사랑)와 타나토
스(죽음)를 역설적으로 한 몸에 지니고 있다고 할 수 있을 것
이다.

참고 문헌

ㅣ 니코스 카잔차키스의 작품

1 여행기

Kazantzakis, Nikos. *Spain*. Trans. Amy Mims. New York: Simon & Schuster, 1963.

_____. *Japan/China*. Trans. George C. Pappageotes. New York: Simon & Schuster, 1963.

_____. *England*. Trans. Amy Mims. New York: Simon & Schuster, 1965.

_____. *Journey to Morea*. Trans. F. A. Reed. New York: Simon & Schuster, 1965.

_____. *Journeying: Travels in Italy, Egypt, Sinai, Jerusalem and Cyprus*. Trans. Themi Vasils and Theodora Vasils. Boston: Little, Brown and Company, 1975.

_____. *Russia*. Trans. A. Maskaleris and M. Antonakis. Missoula, MT: Creative Arts Books Co, 1989.

2 소설

Kazantzakis, Nikos. *Zorba the Greek*. Trans. Peter Bien. New York: Simon & Schuster, 2014.

_____. *Zorba the Greek*. Trans. Carl Wildman. London, John Lehmann, 1952.

_____. *The Greek Passion*. Trans. Jonathan Griffin. New York, Simon & Schuster, 1954.

_____. *Freedom or Death*. Trans. Jonathan Griffin. New York: Simon & Schuster, 1954.

_____. *The Last Temptation*. Trans. Peter A. Bien. New York, Simon & Schuster, 1960.

_____. *Saint Francis*. Trans. Peter A. Bien. New York: Simon & Schuster, 1962.

_____. *The Rock Garden*. Trans. Richard Howard. New York: Simon & Schuster, 1963.

_____. *The Fratricides*. Trans. Athena Gianakas Dallas. New York: Simon & Schuster, 1964.

_____. *Toda Raba*. Trans. Amy Mims. New York: Simon & Schuster, 1964.

_____. *Alexander the Great*. Trans. Theodora Vasils. Athens, OH: Ohio University Press, 1982.

_____. *At the Palaces of Knossos*. Trans. Themi and Theodora Vasilis. London: Owen, 1988.

_____. *Serpent and Lily*. Trans. Theodora Vasils. Berkeley: University of California Press, 1980.

3 희곡

Kazantzakis, Nikos. *Three Plays: Melissa, Kouros, Christopher Columbus*. Trans. Athena Gianakas-Dallas, New York: Simon & Schuster, 1969.

_____. *Christopher Columbus*. Trans. Athena Gianakas-Dallas. Kentfield, CA: Allen Press, 1972.

_____. *Two plays: Sodom and Gomorrah and Comedy: A Tragedy in One Act*. Trans. Kimon Friar. Minneapolis: North Central Publishing, 1982.

_____. *Buddha*. Trans. Kimon Friar and Athena Dallas-Damis. San Diego: Avant Books, 1983.

4 회고록, 서간집 및 기타

Kazantzakis, Nikos. *The Saviors of God: Spiritual Exercises*. Trans. Kimon Friar. New York: Simon & Schuster, 1960.

_____. *Report to Greco*. Trans. Peter A. Bien. New York: Simon & Schuster, 1965.

_____. *The Selected Letters of Nikos Kazantzakis*. Ed. and trans. Peter Bien. Princeton: Princeton University Press, 2011.

_____. *Symposium*. Trans. Theodora Vasilse and Themi Vasils. New York: Thomas Y. Crowell, 1974.

_____. *Friedrich Nietzsche on the Philosophy of Right and the State*. Trans. O. Makridis. New York: State University of New York Press, 2007.

_____. *The Suffering God: Selected Letters to Galatea and to Papastephanou*. Trans. Philip Ramp and Katerina Anghelaki

Rooke. New Rochelle, NY: Caratzas Brothers, 1979.

_____. *Aphrodite's Other Face*. Ed. Emmanuel C. Casdaglis. Athens: National Bank of Greece, 1976.

ⅠⅠ 니코스 카잔차키스에 관한 단행본

Anapliotes, John. *The Real Zorbas and Nikos Kazantzakis*. Trans. Lewis A. Richards. Amsterdam: Hakkert, 1978.

Bien, Peter. *Nikos Kazantzakis*. New York: Columbia University Press, 1972.

_____. *Nikos Kazantzakis and the Linguistic Revolution in Greek Literature*. Princeton: Princeton University Press, 1972.

_____. *Tempted by Happiness: Kazantzakis' Post-Christian Christ*. Wallingford, Pa.: Pendle Hill Publications, 1984.

_____. *Kazantzakis: Politics of the Spirit*. Vol. 1. Princeton: Princeton University Press, 1989.

_____. *Kazantzakis: Politics of the Spirit*. Vol. 2. Princeton: Princeton University Press, 2007.

Dombrowski, Daniel A. *Kazantzakis and God*. Albany: State University of New York Press, 1997.

Dossor, Howard F. *The Existential Theology of Nikos Kazantzakis*. Wallingford, Pa: Pendle Hill Pamphlets, 2002.

Friar, Kimon. *The Spiritual Odyssey of Nikos Kazantzakis: A Talk*. Ed. Theofanis G. Stavrou. St. Paul, Minn.: North Central Publications, 1979.

Kazantzakis, Helen. *Nikos Kazantzakis: A Biography Based on his Letters*. Trans. Amy Mims. New York: Simon & Schuster, 1968.

Lea, James F. *Kazantzakis: The Politics of Salvation*. Tuscaloosa: University of Alabama Press, 1979.

Levitt, Morton P. *The Cretan Glance, The World and Art of Nikos Kazantzakis*. Columbus: Ohio State University Press, 1980.

Middleton, Darren J. N. *Novel Theology: Nikos Kazantzakis' Encounter with Whiteheadian Process Theism*. Macon, Ga.: Mercer University Press, 2000.

_____. *Scandalizing Jesus?: Kazantzakis' 'Last Temptation of Christ' Fifty Years On*. New York: Continuum, 2005.

_____. *Broken Hallelujah: Nikos Kazantzakis and Christian Theology*. Lanham, MD: Lexington Books, 2007.

Middleton, Darren J. N., and Peter Bien, ed. *God's Struggler: Religion in the Writings of Nikos Kazantzakis*. Macon, Ga.: Mercer University Press, 1996.

Owen, Lewis. *Creative Destruction: Nikos Kazantzakis and the Literature of Responsibility*. Macon, Ga.: Mercer University Press, 2003.

Prevelakis, Pandelis. *Nikos Kazantzakis and His Odyssey: A Study of the Poet and the Poem*. Trans. Philip Sherrard. New York: Simon & Schuster, 1961.

Wilson, Colin, and Howard F. Dossor. *Nikos Kazantzakis*. Nottingham: Paupers, 1999.

조르바를
위하여

1판 1쇄 찍음 2018년 3월 9일
1판 1쇄 펴냄 2018년 3월 16일

지은이 김욱동
발행인 박근섭, 박상준
펴낸곳 (주)민음사

출판등록 1966. 5. 19. 제16-490호
서울시 강남구 도산대로 1길 62(신사동)
강남출판문화센터 5층 06027
대표전화 515-2000 팩시밀리 515-2007
www.minumsa.com

© 김욱동, 2018. Printed in Seoul, Korea

ISBN 978 89 374 2930 9 04800
ISBN 978 89 374 2900 2 (세트)